KT-429-970

DRACULA
Bram Stoker

Eagrán do dhéagóirí arna chóiriú ag
Emmett B. Arrigan

Mary Arrigan
a mhaisigh

Gabriel Rosenstock
a d'aistrigh go Gaeilge

AN GÚM
Baile Átha Cliath

Tiomnú Emmett B. Arrigan
Do mo bhean Éilís

LIBRARIES NI	
C700758891	
RONDO	14/09/2011
J891.623	£ 4.95
CRU	

© Rialtas na hÉireann 1997

ISBN 1-85791-269-1

Arna chlóbhualadh in Éirinn ag Leabhair Dhaite Tta

Arna fhoilsiú ag An Gúm i gcomhar le hOifig an tSoláthair

Gach ceart ar cosaint. Ní ceadmhach aon chuid den fhoilseachán seo a atáirgeadh, a chur i gcomhad athfhála, ná a tharchur ar aon mhodh ná slí, bíodh sin leictreonach, meicniúil, bunaithe ar fhótachóipeáil, ar thaifeadadh nó eile, gan cead a fháil roimh ré ón bhfoilsitheoir.

Le ceannach ó Oifig Dhíolta Foilseachán Rialtais,
Sráid Theach Laighean, Baile Átha Cliath 2, nó ó
díoltóirí leabhar.
Nó tríd an bpost ó:
Rannóg na bhFoilseachán, Oifig an tSoláthair,
4-5 Bóthar Fhearchair, Baile Átha Cliath 2.

An Gúm, 44 Sráid Uí Chonaill Uacht., Baile Átha Cliath 1

Caibidil 1

3 Bealtaine. Bistritz – D'fhág mé München ar an gcéad lá de Bhealtaine agus bhain mé Vín amach go luath an mhaidin dár gcionn. Déarfainn gur áit iontach í Búdaipeist, ón radharc breá a fuair mé uirthi ón traein, agus is trua nach raibh deis agam stopadh ann. Soir atá m'aghaidh i gcónaí, i dtreo Shléibhte Cairp, agus is mór an difríocht idir an tírdhreach seo agus tírdhreach Shasana.

Sular chrom mé ar an aistear seo, thug mé cuairt ar Mhúsaem na Breataine agus léigh mé a lán faoi stair na Trasalváine – nach fiáin diamhair an áit í. Ní raibh mé in ann teacht ar mhapa ceart den dúiche agus is cinnte nach bhfuil a fhios agam go beacht conas teacht ar Chaisleán Dracula. Ba é an Cunta Dracula a d'ainmnigh an baile seo, Bistritz – ní mór dom an t-eolas uile a bhreacadh síos i dtreo is go mbeidh mé in ann an scéal iomlán a thabhairt do Mhína.

Codladh corrach a rinne mé aréir cé nach raibh aon easpa compoird orm. B'ait iad na taibhrimh a rinneadh dom agus ba ghlé, ar uairibh: níorbh aon chabhair é an gadhar lasmuigh den fhuinneog agus é ag amhastrach go lá bán.

Níos déanaí Bhrostaigh mé le bheith in am don traein
ar maidin. Bhí sí le himeacht ar 7.30 a.m. ach b'éigean
dom uair an chloig a chur isteach sa charráiste fuar sular
bhog sí, rud nach dtarlódh i Londain. Ag seilmideáil tríd
an dúiche a bhí an traein. Ach ar ndóigh, bhí sé go deas

na bailte beaga, na haibhneacha agus na srutháin a fheiceáil. Níorbh ionann in aon chor na daoine ó stáisiún go a chéile; bhí éadach an-neamhchoitianta ar chuid acu – ach ar a shon sin bhí na mná an-dathúil. Treoracha scríofa an Chunta Dracula liom ach níor mhór an cúnamh dom iad. Mhol sé dom cur fúm sa Choróin Órga, óstán galánta ach thar a bheith seanfhaiseanta. Chuir seanbhean faoi éadach gioblach na tuaithe fáilte is fiche romham ag an doras.

'An tú an Sasanach?' ar sí.

'Is mé,' a deirim, 'Jonathan Harker'.

Shín sí litir chugam agus bhí sí féin agus a fear céile ag baint lán na súl asam fad a bhí mé á léamh.

"A Chara, – Fáilte romhat go dtí Sléibhte Cairp. Táim ag tnúth le bualadh leat. Ar Bhucovín a bheidh d'aghaidh amárach ar a trí agus beidh mo chóiste romhat ag Mám Borgó chun tú a thabhairt anseo. Tá súil agam go raibh aistear taitneamhach agat agus go mbainfidh tú sult as an gcuid eile de do sheal inár measc. Do chara,

Dracula."

4 Bealtaine Thug an tseanbhean bricfeasta ar an seannós dom ar maidin agus bhí tamall comhrá againn le chéile. Bhí a fear céile ábhairín neirbhíseach, b'fhacthas dom, agus dúirt sé gurbh ón gCunta féin a fuair sé an litir. Nuair a d'fhiafraigh mé de an raibh aithne aige ar an gCunta agus cén chuma a bhí ar an gcaisleán, is amhlaidh a ghearr sé féin agus a bheainín fíor na Croise orthu féin: eolas dá laghad ní raibh acu ar na cúrsaí sin agus ní raibh siad sásta a thuilleadh a rá.

Tamall ina dhiaidh sin agus mé ar tí imeacht, tháinig an tseanbhean chugam agus fuadar fúithi, ag impí orm gan imeacht. Bhog mé díom í chomh béasach is a bhí ar mo chumas agus dúirt mé léi go mbeadh orm bóthar a bhualadh. Láithreach bonn d'fhiafraigh sí díom – "An eol duit cén lá é?" Dúirt mise gurbh é an ceathrú lá de Bhealtaine é chomh fada le m'eolas. "Is é," ar sí, lán d'imní, "ach is í bigil lá San Seoirse í. Anocht beidh cead a gcinn is a gcos ag ainspridí éalú as pé uaimh, lusca nó tuama ina bhfuil siad."

Faoin am sin bhí sí ar a glúine agus í ag achainí orm gan imeacht – bhraith mé an-mhíshuaimhneach ionam féin. Ach nuair a tuigeadh di nach bhfaigheadh sí aon éisteacht uaim, sheas sí, chuimil a súile agus bhain an chros chéasta dá muineál. Ní raibh a fhios agam cad a dhéanfainn mar nach mbíonn aon ghnó ag an Sasanach le hearraí den chineál sin. Chuir sí timpeall mo mhuiníl í agus ar sise de ghlór lag: "Ar son do mháithrín," agus d'imigh. Agus an méid seo á scríobh anois agam sa chóiste, braithim cineál míshuaimhneach agus mé ag fiafraí díom féin cén sórt daoine aite iad seo atá ina gcónaí faoi scáth Shléibhte Cairp.

5 *Bealtaine* – *An Caisleán* Agus an cóiste á bhordáil agam, thug mé faoi deara go raibh an tiománaí ag caint le bean an tí. Ba léir gur fúmsa a bhí siad ag caint mar go raibh gach re sracfhéachaint acu i mo threo. As go brách linn ansin agus thug mé catsúil amháin siar agus sinn ag imeacht. An slua a bhí bailithe timpeall an ósta, ghearr siad go léir fíor na Croise orthu féin agus dhírigh dhá mhéar orm. Nuair a d'fhiafraigh mé de phaisinéir eile sa chóiste cad ba bhun leis an nós sin, dhírigh sé méar ar a shúil agus ar sé, "Mar ortha ar an drochshúil."

Agus b'iúd mise is mo thriall ar áit aineoil, ar dhuine nach raibh aon aithne agam air – ach ba thógáil croí dom go raibh bá ag na daoine sin liom. Ní

dhearmadfaidh mé go brách an bhaicle sin ag an ósta agus fíor na Croise á gearradh acu orthu féin, faoi mar ba é an uair dheireanach acu é mé a fheiceáil. Nár bhreá liom mo Mhína a bheith in éineacht liom anois.

Is gearr go raibh mé níos mó ar mo shocracht agus mé ag féachaint uaim ón gcóiste ar an tírdhreach álainn. B'iúd iad na crainn, na malaí glasa fairsinge agus na cnocáin ghéara breac le tithe feirme. I bhfad i gcéin bhí Sléibhte Cairp ag bagairt a gcinn thar dhroim a chéile. Leag comhphaisinéir méar ar mo ghualainn agus dhírigh m'aird ar bheann millteanach ard: "Suí Dé," a deir sé, leis sin chrom sé a cheann agus ghearr fíor na Croise air féin.

I ndiaidh aistear fada a chur dínn, thiontaigh an tiománaí chugainn agus dúirt go rabhamar uair an chloig luath, nach mór. Thiontaigh sé chugamsa ansin agus ba mheasa a chuid Gearmáinise ná an smeadar di a bhí agamsa, "Níl aon charráiste anseo, níltear ag coinne leat de réir dealraimh. Beidh ort dul ar aghaidh fad leis an mBucovín agus filleadh amárach."

Ní raibh na focail sin as a bhéal nuair a thug mé faoi deara fíor na Croise á gearradh orthu féin ag na tuathánaigh ar thaobh an bhóthair agus ceithre chapall is iad chomh dubh le pic ag teacht faoinár ndéin. Fear ard a bhí á dtiomáint, féasóg fhada dhonn air faoi hata

dubh; ba dhóigh leat go raibh sé ag iarraidh a aghaidh a cheilt orainn. Bhí radharc agam ar a dhá shúil gheala is iad ag lonrú faoi sholas an lampa. Bhí a bheola teann is iad ar dheirge an róis.

"Tabhair dom bagáiste an duine uasail," arsa an tiománaí diamhair. Amach liom agus chabhraigh an tiománaí liom isteach sa chóiste eile. Rug sé greim ar ghéag liom agus níor neart go dtí é. Ní raibh focal eile as ach na srianta a bheartú chun na capaill a thiontú agus as linn isteach i ndorchadas an Mháma. Bhraith mé fuar agus tháinig creathán orm. Caitheadh clóca thar mo ghuaillí is mo ghlúine agus arsa an tiománaí i dtogha na Gearmáinise, "Tá an oíche fuar. D'iarr an Cunta orm aire mhaith a thabhairt duit."

Bhíomar ar cosa in airde tríd an dorchadas agus d'airigh mé tafann na ngadhar is na mac tíre gach áit. Taibhríodh dom ansin go raibh súile ag an bhforaois agus go rabhthas ag breathnú orainn. De phreib, stop na capaill nuair a d'airigh siad uallfairt na mac tíre in aice láimhe. Thuirling an tiománaí den chóiste agus chonaic mé é ag siúl i dtreo na n-ainmhithe allta. Chuala a ghlór á ardú go ceannasach agus nuair a leath sé a ghéaga, chúlaigh na mic tíre siar uaidh agus níos sia arís. Bhí na hainmhithe ag féachaint air agus iad faoi bhriocht, cheapfá, fiacla geala bána acu, an teanga ar sileadh thar a mbéal. Níor den saol seo iad, ba dhóigh leat.

Mheas mé nach mbeadh deireadh go deo leis an aistear. Ní raibh gealach ná réalta le feiceáil ach an spéir uile faoi mhothar scamall. Ach faoi dheireadh thosaíomar ag cur cnoc dínn agus ba ghearr ansin go raibh na capaill á dtreorú isteach i gcúirt; b'iúd romham raingléis caisleáin le fuinneoga arda agus forbhallaí mantacha.

Caibidil a Dó

5 Bealtaine Thóg an tiománaí an bagáiste anuas, leag in aice liom é agus thiomáin leis arís go grod. D'fhéach mé air agus é ag dul as amharc sa dorchadas. Bhí doras mór romham agus é breac le tairní iarainn. Cad a dhéanfainn anois? Cén chinniúint a bhí romham? Ar ghnáth-rud é seo, aturnae a chur amach chun comhairle a chur ar strainséir, ar choimhthíoch, maidir le heastát a cheannach i Londain?

Bhí na smaointe sin do mo bhuaireamh agus a thuilleadh nach iad ag teacht le gach creathán, nuair a chuala an trostal chugam laistigh den doras, gliogar slabhraí; eochair á casadh agus osclaíodh an doras ansin go gíoscánach.

Sheas seanfhear ard os mo chomhair, é glanbhearrtha, seachas croiméal fada liath. Éadach dubh a bhí air ó bhaithis go bonn. Bhí seanlampa airgid ina lámh a chuir scáthanna ar fud an tseomra ar nós leanaí ag damhsa. Ar seisean agus togha an Bhéarla aige, "Fáilte romhat go dtí mo theach; déan do chuid féin de."

Chroith sé lámh liom agus mé ag dul thar thairseach an tí. Chomh fuar leis an uaigh a bhí a lámh ach neart lámh an tiománaí inti. "An Cunta Dracula?" arsa mise. D'umhlaigh sé go grástúil, gan a shúile a bhaint díom. "Is mé Dracula. Tá fáilte romhat go dtí mo theach, a Mhister Harker; téanam ort, ní mór duit greim a ithe agus do scíth a ligean."

Leis sin, rug sé ar mo bhagáiste agus threoraigh síos halla fada mé ar leaca fuara. Ag bun an phasáiste, d'oscail doras adhmaid an-trom roimhe faoi mar nach raibh ann ach gaoth. Bhí áthas orm seomra geal a fheiceáil romham. Bhí suipéar ullamh ar an mbord dom agus ag ceann eile an tseomra bhí tine mhór adhmaid.

Isteach linn agus trasna chuig doras eile a thug chuig seomra eile sinn nach raibh chomh geal céanna. Mo sheomra leapasa a bhí ann agus nuair a d'fhág an Cunta an bagáiste ar an urlár, ar seisean, "Glac d'aimsir chun tú féin a ní agus do scíth a ligean i ndiaidh an aistir fhada. Nuair a bheidh tú ullamh glac do shuipéar sa seomra eile." Shléacht sé agus d'imigh.

Ní raibh mé i bhfad do mo ní féin agus chuaigh mé go dtí an seomra mór áit ar sméid an Cunta anall orm go suífinn agus go n-íosfainn. Ghabh sé a leithscéal liom nach mbeadh sé féin ag ithe, go raibh béile glactha níos luaithe aige. Bhreathnaigh sé orm fad a bhí sicín rósta dea-bhlasta agus cáis á n-ithe agam.

Bhí deis agamsa breathnú air siúd, leis. Bhí a aghaidh láidir ach mílítheach; ba thanaí a shrón faoi dhroichead ard agus cuar aisteach ar na polláirí. Ba chruinn ard é a chlár éadain. Ar éigean a bhí gruaig ar bith thart ar a chuid araí ach bhí mothall breá gach áit eile ar a cheann. Béal mursanta air agus iarracht den chruáil ann faoi chroiméal dlúth; ba ghéar iad na fiacla bána aige a nocht thar na beola.

Nuair a bhraith mé gur ag stánadh air a bhí mé d'fhéach mé uaim i dtreo na fuinneoige. Ba chlos uaill

na mac tíre i gcéin. Bhí loinnir i súile an Chunta nuair a labhair: "Éist leo – leanaí na hoíche agus a gcuid ceoil!" D'fhéach sé orm agus dúirt go gcaithfeadh go raibh tuirse orm, go raibh mo sheomra cóirithe dom. Leis sin, threoraigh sé go dtí mo sheoimrín codlata mé. Nuair a dhún sé an doras ina dhiaidh, chuaigh crith go croí ionam agus chuir mé mé féin faoi choimirce Dé ar a son siúd lenar ionúin mé.

7 *Bealtaine* Chodail mé go sámh agus bhí sé déanach go maith nuair a dhúisigh mé. Nuair a bhí mé gléasta, isteach liom sa seomra inar ghlac mé béile aréir. Siúd ar an mbord romham bricfeasta fuar agus caife ar an teallach agus gal uaidh. Bhí m'intinn níos beo anois agus thosaigh mé ar rudaí aite faoin gcaisleán a thabhairt faoi deara.

Is d'ór í an fhoireann bhoird agus í thar a bheith luachmhar, is d'ábhar fíorálainn iad na cuirtíní agus tá an troscán lámhshnoite. Ach an deamhan scáthán in aon cheann de na seomraí ná ar mo bhord féin. B'éigean dom an scátháinín bearrtha a bhí i mo mhála a fháil sula bhféadfainn mé féin a bhearradh nó mo ghruaig a scuabadh. Ní fhaca mé searbhónta in áit ar bith agus níl faic le cloisteáil ach caoineadh na mac tíre.

Tar éis dom bricfeasta a chaitheamh chuaigh mé go dtí an leabharlann, áit a raibh an-bhailiúcháin leabhar, roinnt mhaith acu i mBéarla, agus cuid acu sin ar chur síos ar Shasana iad. Bhí mé sáite iontu nuair a d'oscail an doras. Isteach **Leis Féin**. Bheannaigh sé dom agus d'fhiafraigh díom an raibh scíth dheas agam. Lean sé air ansin:

"Tá áthas orm gur bhain tú amach an leabharlann. Cairde móra liom iad na leabhair seo a thugann an-phléisiúr dom. Ba bhreá liom a thuilleadh a fhoghlaim i dtaobh Shasana – ní foláir nó gurb iontach an áit ar fad é Londain. Caithfidh tú tamall maith a chaitheamh i m'fhochair agus gach aon ní faoi do thír agus faoi do theanga a roinnt liom."

Is é a dúirt mise leis ná go mba bhreá liom pé eolas a bhí agam a roinnt leis agus fáilte. Ghabh sé buíochas liom agus ansin d'fhéach sé idir an dá shúil orm agus ar sé go duairc: "Bíodh cead do chos agat san áit seo, seachas áit a mbeadh an doras faoi ghlas ann. Ní hionann an Trasalváin agus Sasana. Ní hionann nósanna an dá thír agus cuirfidh rudaí áirithe iontas ort anseo. Ach anois, caithfidh tú a insint dom cén saghas é an teach atá faighte agat dom i Londain." Thóg mé páipéir amach as mo mhála. "Carfax ainm an eastáit," a

deirimse. "Teach ceithre thaobh, laistigh de scór acra.
Tá loch ann faoi scáth na gcrann. Is teach an-mhór é
agus é sean go maith; d'fhéadfadh go dtéann sé siar go
dtí an Mheánaois. Tá cúpla teach i ngiorracht dó,
ceann acu ina theach ollmhór ar cuireadh leis le déanaí
agus a iompaíodh ina ghealtlann, cé nach bhfuil
radharc air ó thailte Carfax. Sa chomharsanacht, leis, tá
séipéilín."

Nuair a bhí deireadh ráite agam, arsa an Cunta: "Is
maith liom gur seanteach scóipiúil é. Is de theaghlach
mé a théann i bhfad siar agus ní réiteodh teach nua-
aimseartha liom. Is deas liom chomh maith séipéilín a
bheith gar don áit. Is maith linne, uaisle na Trasalváine,
a shamhlú nach i measc mhadraí an bhaile a luífeadh ár
gcnámha. Beidh deis agam machnamh aonair a dhéan-
amh faoi scáthanna an tseanséipéil."

Tháinig meangadh aisteach ar a bhéal a d'fhág cuma
chruálach ar a aghaidh ar fad. D'fhág sé ansin mé agus
chuaigh mé ar ais go dtí na leabhair. Bhí atlas ina measc
agus ba léir an mapa de Shasana a bheith seanláimh-
sithe. Bhí cúpla áit a raibh fáinní beaga marcáilte orthu,
ceann acu an t-eastát i Londain agus bhí an dá mharc
eile ar Exeter agus ar Whitby ar chósta Yorkshire.

Bhí an Cunta chugam arís amach sa tráthnóna.

"Ahá," ar sé agus aoibh air, "fós i mbun na leabhar? Ar
fheabhas. Ach ná cuir straein ort féin. Téanam ort,
deirtear liom go bhfuil greim suipéir ullamh."

Rug sé ar m'uillinn orm agus b'eo linn isteach sa
chéad seomra eile áit a raibh béile breá romhainn.
Ghabh sé leithscéal liom arís agus dúirt go raibh ite
cheana aige. Shuigh sé agus rinneamar comhrá beag le
chéile agus a thuilleadh cainte tar éis an tsuipéir, sásamh
á bhaint agam as todóg. Bhí gach aon cheist aige faoi
Shasana agus nósanna na ndaoine ann.

Is mar sin a chuireamar an t-am isteach gur chualamar glaoch an choiligh ag teacht chugainn tríd an aer. Léim an Cunta ina sheasamh. "Is gearr uainn bánú an lae. Maith dhom an oíche a chur amú ort."

D'imíomar beirt, mise chun mo sheomra leapa. Sula ndeachaigh mé a luí d'fhéach mé amach an fhuinneog agus chonaic mé an spéir ba léithe dá bhfaca mé riamh.

8 *Bealtaine* Níor chodail mé ach ar feadh cúpla uair an chloig agus, ó tharla an codladh a bheith imithe ar strae orm, d'éirigh mé. Bhí mo scáthán bearrtha crochta agam taobh leis an bhfuinneog agus chrom mé ar mé féin a bhearradh. Go tobann, bhraith mé lámh ar mo ghualainn agus chuala glór an Chunta, "Mora dhuit ar maidin."

Baineadh geit asam. B'ait liom nach raibh sé feicthe sa scáthán agam. Thug mé freagra béasach air, d'iompaigh mé an scáthán chun a íomhá a ghabháil – ach pioc dá scáil ní raibh ann. Ghearr mé mé féin, bhí preab chomh mór sin bainte asam. Bhí braonta fola le mo smig. Ar fheiceáil sin don Chunta tháinig fearg ina shúile agus rug sé greim ar mo scornach. Chúb mé uaidh agus theagmhaigh a lámh leis an gcros chéasta a bhí timpeall mo mhuiníl. I bhfaiteadh na súl d'athraigh sé agus níorbh é an fear céanna a thuilleadh é.

"Aire duit, ná gearr tú féin arís," ar sé, "d'fhéadfadh a leithéid a bheith dainséarach sa tír seo." Cad a rinne sé ansin ach breith ar an scáthán agus é a chaitheamh amach an fhuinneog.

"Sin é an diabhal ruda ba chúis leis. Baois agus gaigíocht! Ciorrú air!" Chuala mé an ghloine á briseadh ina smidiríní sa chlós. Dhún sé an fhuinneog agus bhailigh leis go dúr.

Conas a bhearrfaidh mé mé féin anois? Bhí bricfeasta agam i m'aonar agus mo smaointe do mo chrá. Rinne mé a thuilleadh póirseála timpeall an chaisleáin. D'aimsigh mé seomra agus radharc aoibhinn ann ó dheas. Tá an caisleán ar imeall aille, míle troigh in airde.

Ar aghaidh liom agus ní fhaca ach doirse agus a thuilleadh doirse, glas agus bolta orthu go léir. Ní raibh aon éalú ón gcaisleán ach amach an fhuinneog. Is príosún é an áit seo agus is príosúnach ann mise!

Caibidil a Trí

Cín lae Jonathan Harker (Ar lean)

Táim an-suaite. Braithim uaireanta i mo fhrancach, i sás. Níos luaithe inniu nuair a d'fhill mé ar mo sheomra bhí mo leaba á cóiriú ag an gCunta. B'ait liom é ach dhearbhaigh sé an tuairim a bhí agam nach bhfuil searbhónta ar bith sa chaisleán. Is léir dom anois gurb é an Cunta féin tiománaí an chóiste a thug anseo mé.

Meán oíche Comhrá fada agam leis an gCunta. Bhí roinnt ceisteanna agam air i dtaobh stair na Trasalváine agus a thuilleadh ceisteanna aige siúd ormsa i dtaobh dhlíthe agus nósanna Shasana.

"An bhféadfainn beirt dlíodóirí a fhostú?" ar seisean.

"D'fhéadfá, ar ndóigh," a deirimse.

"Beidh a lán earraí á gcur sall agam. An mbeadh gá le dlíodóir i ngach calafort?"

Thug mé gach freagra air chun a shástachta. D'fhiafraigh sé díom ansin an raibh scríofa agam chuig éinne i Sasana ó tháinig mé. Nuair a dúirt mise leis nach raibh, d'iarr sé orm scríobh láithreach agus a rá go mbeinn abhus go ceann míosa, i mbun gnó.

16

Tháinig fuadar beag croí orm. Thuig an Cunta nach róshásta a bhí mé leis sin ach mhínigh sé dom go raibh go leor fós le plé aige liom. D'imigh sé ansin.

Scríobh mé roinnt nótaí foirmiúla, nóta chuig Mr Hawkins, an comhpháirtí sinsearach sa chomhlacht, agus roinnt litreacha chuig baincéirí i Londain. Scríobh mé litir, leis, chuig Mína sa ghearrscríobh, rud a chuirfidh mearbhall ar an gCunta is cinnte.

D'fhill sé agus thóg na litreacha uaim. Ghabh sé leithscéal as fuadar a bheith faoi. Bhí go leor le déanamh aige. Agus an doras á dhúnadh aige ina dhiaidh, mhoilligh sé agus dhearc faoina mhalaí orm. "Mo chomhairle duit," ar sé, "ní hea - seo rabhadh duit! Ná codail in aon áit eile sa chaisleán. Gabhann an áit seo i bhfad siar agus tá sé lán le cuimhní. Cuirim na seacht seachaint ort, má bhuaileann codladh thú fill láithreach ar do sheomra. Ní baol duit i do sheomra féin."

Nuair a d'imigh sé, chuaigh mé ar ais go dtí mo sheomra. D'fhan mé tamaillín agus nuair nár chuala gíocs d'fhill mé ar an seomra úd a raibh radharc uaidh ar an ngleann. Thaitin an radharc go breá liom agus bhí an t-aer chomh húr sin gur tháinig meadhrán ionam. Agus mé i mo luí amach thar an bhfuinneog chonaic mé rud éigin ag bogadh urlár thíos fúm. Ba leis an gCunta na seomraí thíos, a mheas mé. Chonaic mé *É Féin* á nochtadh san fhuinneog agus thosaigh sé ag dreapadh bhalla an chaisleáin síos ar a cheithre boinn, os cionn an duibheagáin uafair sin, béal faoi agus a bhrat ar leathadh mar a bheadh sciathán air.

Níor chreid mé fianaise mo dhá shúl. Tá mearbhall orm, a dúirt mé liom féin, níl ann ach an solas ag imirt le scáth. Ach ní raibh aon mhearbhall orm. Chonaic mé méara cos agus méara lámh an Chunta agus mar a ghreamaigh siad de chúinní cloch agus é ag gluaiseacht

roimhe mar a dhéanfadh laghairt. Cén sórt duine é seo más duine in aon chor é? Tá eagla agus uamhan orm agus mothaím sceimhle nár mhothaigh mé ó rugadh mé. Níl aon éalú.

Níos déanaí. Maidin an 16 Bealtaine Go bhfóire Dia orm, sílim go bhfuil mé ag dul as mo mheabhair. Fad is beo dom san áit seo teastaíonn uaim mo mheabhair a choimeád, más féidir in aon chor. Tar éis dom tamall a chaitheamh ag breacadh liom sa chín lae thit mo chodladh orm.

Ba ghairid ina dhiaidh sin go ndearnadh taibhreamh dom. Braithim anois agus mé i mo shuí anseo ag breathnú ar sholas an lae ghléigil nach bhféadfadh gur ag taibhreamh a bhí mé. Ní raibh mé i m'aonar sa seomra a thuilleadh. Bhí triúr ban óg sa chúinne, faoi sholas na gealaí. Brionglóid, a mheas mé, gur ghluais siad faoi mo dhéin. D'fhéach siad orm ar feadh i bhfad agus iad ag cogarnaíl lena chéile.

Bhí beirt díobh a raibh gruaig dhubh orthu agus an tsrón chomh suntasach céanna le srón an Chunta, iad ag cur na súl tríom, súile dearga, ba dhóigh leat, i gcodarsnacht le solas na gealaí. Bhí an tríú duine fionn, folt go formna léi. Ba rígheal iad a bhfiacla agus iad ag lonrú laistiar de liopaí macnasacha.

Bhí mé scanraithe i mo bheatha, iad ag stánadh orm faoi mar ba bhéile dea-bhlasta a bhí ionam. Chrom an fhaoileann fhionn chugam gur ligh a liopaí ar nós ainmhí allta. Chuala maistreadh a teanga ina béal agus bhí uisce lena fiacla, fiacla a bhí ag teannadh le mo scornach. Ní raibh mé in ann faic a dhéanamh.

Díreach ansin, bhraith mé an Cunta i láthair. Bhí faghairt agus fearg ina shúile amhail is nach raibh deamhan dar shiúil nó dar shnámh riamh nach raibh cruinnithe ina chabhail. Scuab sé an bhean fhionn i leataobh go garbh agus an bheirt eile sa mhullach uirthi faoi mar nach raibh iontu ach soitheanna mic tíre.

"Nach dána an mhaise daoibh teagmháil leis, duine ar bith agaibh! Tá sé coscta oraibh! Siar libh, is liomsa an fear seo!"

Ghabh duine de na cailíní suas chuig an gCunta agus d'achainigh air: "Nach bhfaighimid blas ar bith anocht?"

Chaith an Cunta mála ar an urlár agus rud éigin beo ann. Léim duine acu air agus d'oscail é. Ní fhéadfainn a chreidiúint gur chuala an ní a chuala: lóg lag linbh á mhúchadh. B'iúd na mná cruinnithe timpeall an mhála mar a bheadh paca mac tíre agus iad réidh chun coinín nuamharbh a streachailt as a chéile. Thugadar leo an mála chun siúil. Bhí alltacht agus uamhan chomh mór sin orm gur thit mé i mo phleist.

Dhúisigh mé agus mé i mo leaba. Níorbh aon taibhreamh é. An Cunta a d'iompair ann mé. Taobh leis an leaba bhí mo chuid éadaigh fillte ina charn, nós nach bhfuil agam.

18 Bealtaine Bhí mé thíos sa seomra arís. Caithfidh mé fios fátha an scéil a fháil. Bhí glas agus bolta ar dhoras

an tseomra ón taobh istigh – níor thaibhreamh é is cinnte.

19 *Bealtaine* Tá deireadh liom. Aréir d'iarr an Cunta orm trí litir a scríobh, an chéad cheann le rá go raibh mo chuid oibre curtha i gcrích agus go mbeinn ag tabhairt m'aghaidh ar an mbaile i gceann roinnt laethanta; an dara ceann le rá go raibh mé ar mo shlí abhaile ar dháta na litreach; an tríú ceann go raibh an caisleán fágtha agam agus Bistritz bainte amach agam. Ní raibh sé de dhánacht ionam cur ina aghaidh. Thar éinne eile dar bhuail riamh liom, níor mhaith liom fearg an Chunta a tharraingt orm féin.

D'fhiafraigh mé de cé na dátaí is ceart dom a chur ar na litreacha agus d'fhreagair sé: 'An 12ú Meitheamh ar an gcéad cheann, an 19ú Meitheamh ar an dara ceann, agus an 29ú Meitheamh ar an tríú ceann.' Is eol dom anois mo sheal abhus. Go bhfóire Dia orm!

17 *Meitheamh* Tá nach mór mí caite agam san áit ifreanda seo. Ar maidin agus mé i mo shuí cois na leapa, ba chlos dom crúba capall agus fuipeanna á n-oibriú thíos fúm ar an gcosán garbh lastall den chlós. D'fhéach mé amach agus bhí na vaigíní á ndíluchtú ag na tuathánaigh. Ghlaoigh mé orthu ach níor thug siad aird ar bith orm. Boscaí móra cearnógacha a bhí sna vaigíní agus rópaí orthu lena n-iompar. A luaithe díluchtaithe iad, bhailigh na vaigíní leo i dtreo an ghleanna.

24 *Meitheamh, roimh bhreacadh an lae* D'fhág an Cunta go luath aréir mé agus chuaigh go dtí a sheomra féin, ag glasáil an dorais ina dhiaidh. Rith mé liom go tapa go dtí an seomra úd a bhfuil a aghaidh ó dheas. Theastaigh uaim radharc a fháil ar an gCunta.

Rudaí aite ag titim amach an t-am go léir. Tá tuathánaigh áitiúla agus obair éigin ar siúl acu anseo, faoi choim, le piocóidí is le spáda; pé obair í seo atá á déanamh acu don Chunta ní obair mhaith í. Chonaic mé an Cunta ag dul síos an balla arís agus is mé a bhí scanraithe. Crochta thar a ghualainn aige bhí an mála uafar úd, an mála a thug na mná leo. Agus mo chótasa á chaitheamh aige! Sin é atá ar siúl aige! Cuirfear i mo leithse na hainghníomhartha atá beartaithe aige.

25 Meitheamh, ar maidin Ní mór dom gníomh grod a dhéanamh. Ní thig liom codladh istoíche ar chor ar bith. Cén sórt duine in aon chor é? An gcodlaíonn sé agus cách ina suí – agus *vice versa*? Tá feicthe agam mar a chuireann sé an balla de – nach bhféadfainnse éalú tríd an bhfuinneog chéanna? Bheinn ag dul i bhfiontar m'anama, ach an bhfuil aon rogha agam? Go stiúra Dia mé. Slán, a Mhína dhil. Slán, a chairde!

An lá céanna, níos déanaí Thug mé faoi agus tháinig mé sleamhain slán ar ais go dtí an seomra seo. Bhí tuairim mhaith agam cá raibh fuinneog an Chunta agus b'eo liom síos chuici. Bhain mé amach fuinneog ar an taobh ó dheas agus shiúil mé liom feadh chiumhais na gcloch go bhfuair mé mé féin sa deireadh i mo sheasamh ar leac fuinneoige sheomra leapa an Chunta.

Isteach liom. Folamh ar fad a bhí an seomra seachas carn mór bonn óir agus an deannach á gclúdach. I gcúinne amháin den seomra bhí doras trom. Thug mé faoina oscailt agus bhí an t-ádh liom. Dorchla fada cloch a bhí romham agus staighre ag an mbun, staighre géar ciorclach. Síos liom go cúramach agus faitíos mo chraicinn orm.

Bhí an staighre dorcha agus ag an mbun bhí tollán

fada. Bhí boladh bréan ann, boladh an bháis, mar a bheadh seanchré nua-iompaithe ann. I ngéire a chuaigh an boladh agus mé ag smúrthacht romham. Sa deireadh tháinig mé ar dhoras agus bhí an doras seo, leis, ar oscailt. Bhí gíoscán uaidh agus b'iúd romham iarsma de sheanséipéal a bhíodh tráth ina reilig. Bhí an díon pollta agus dhá bhealach chéimneacha ann go dtí na boghtaí.

Bhíothas tar éis an talamh a rómhar le déanaí agus bhí an chré curtha isteach i mboscaí adhmaid, na boscaí céanna a bhí feicthe agam á n-iompar ag na Slóvaigh. Agus i gceann de na boscaí sin, ina luí ar charn cré nua-iompaithe – ababú! – an Cunta. Ní fhéadfá a rá an marbh

nó i dtromshuan a bhí sé. Bhí na súile ar oscailt agus beocht éigin iontu agus má ba mhílítheach féin é bhí braon éigin fola ag sní ina leicne agus na beola chomh dearg is a bhí riamh. Ach ní raibh corraí as. Níor léir cuisle ar bith ná análú ná buille croí.

Chrom mé thairis féachaint an bhfaighinn teacht ar na heochracha agus sa chuardach dom d'fhéach mé ina shúile. Má ba mharbhánta iad ní fhaca le mo bheo faghairt agus fuath mar iad. Thug mé do na boinn é chomh tapa in Éirinn is a bhí ar mo chumas, suas balla an chaisleáin agus ar ais i mo sheomra féin. Níor thug mé oiread is súilfhéachaint i mo dhiaidh. Luigh mé ar an leaba ag iarraidh mo mhachnamh a dhéanamh.

29 Meitheamh Is é an lá inniu an lá deireanach ar ar scríobh mé litir, mar dhea, agus féachfaidh an Cunta chuige go bhfeicfear mé! Chonaic mé arís ag imeacht ina laghairt é agus mo chuidse éadaigh air.

I mo sheomra dom agus mé ar tí luí siar, mheas mé gur chuala cogarnaíl íseal ag an doras. "Tógaigí bhur n-aimsir. Istoíche amárach a bheidh sé agaibh, bíodh foighne agaibh." Ba chlos ansin na rachtanna gáire agus nuair a d'oscail mé an doras de phreib bhí siad romham, na harrachtaí mná, a mbeola á lí agus iad ag fonóid fúm. Agus b'iúd chun reatha leo. Chuaigh mé ar ais sa seomra. Luigh mé ar mo leaba. Ní fada eile i measc na mbeo mé. Amárach! Amárach! Bí, a Dhia, i do dhíon dom is dóibh siúd lenar ionúin mé.

30 Meitheamh, ar maidin Tharlódh gurb iad seo focail scoir na dialainne seo. Chodail mé go breacadh an lae, beagnach. Nuair a dhúisigh mé, síos liom ar mo ghlúine gur thug mé a dhúshlán don Bhás agus mé ullamh ina chomhair. Bhuail fonn mire mé teacht ar an eochair ar ais nó ar éigean, an balla a dhreapadh agus dul isteach i seomra an Chunta. B'fhéidir go maróidh sé mé! Ach cén rogha atá agam? Rogha idir dhá ghabhar chaocha.

Bhí an áit folamh romham nuair a bhain mé an seomra uafar sin amach, gan aon rian den eochair ann ach an t-ór ina charn mar a bhí. Bhí an bosca san ionad céanna in aghaidh an bhalla. Istigh ann an Cunta. Bhí cuma dhifriúil air, é níos óige. Bhí an ghruaig bhán agus an croiméal tiontaithe cruachliath; ba láine iad na leicne; faoin gcraiceann cailce bhí bláth an róis agus ba dhearg iad na liopaí, braonta fola ag sileadh dá phus anuas ar a smig is ar a bhráid.

Ba dhóigh leat go raibh an neach tar éis é féin a phulcadh le fuil agus é ina luí ansin ar nós na péiste ar a dtugtar súmaire. An straois mhagaidh a bhí air chuir sí le craobhacha mé. Tharraing mé chugam féin sluasaid a bhí in úsáid ag na hoibrithe chun na boscaí a líonadh, d'ardaigh mé os mo chionn é agus bhí mé chun í a thabhairt dó nuair a chas a chloigeann agus stán sé orm. Fágadh i mo staic mé agus thit an tsluasaid as mo lámh. An spléachadh deireanach a fuair mé air – an aghaidh ata, smeartha le fuil, draidgháire an diabhail air a reofadh leaca Ifrinn.

Agus seo á bhreacadh agam, cloisim trostal sa phasáiste thíos fúm. Agus cloisim nithe troma á leagan síos – na boscaí cré ní foláir. Cloisim casúireacht – na boscaí á dtairneáil. Cloisim glas agus bolta á gcur ar an doras. Breathnaím ar na tuathánaigh is a lasca fada á n-oibriú acu agus as go brách leo faoi dhéin an ghleanna.

Táim i m'aonar sa chaisleán uafásach seo. Cad a dhéanfaidh mé? Tabharfaidh mé faoi bhalla an chaisleáin a dhreapadh agus dul níos faide ná mar a chuaigh mé cheana. Tógfaidh mé cuid d'ór an Chunta, ar eagla go mbeinn ina ghátar. Ní mór dom éalú as an bpríosún gránna seo ar Ifreann ar an saol seo é.

Caibidil a Ceathair

Sliocht as litir ó Miss Mina Murray chuig Miss Lucy Westerna

A Lucy dhil,

Táim díreach tar éis litir a fháil ó Jonathan, litir ghearr a scríobhadh faoi dheifir. Deir sé go bhfuil sé ar fheabhas agus go mbeidh sé ag filleadh i gceann seachtaine nó mar

27

sin. Táim ag tnúth lena chuid scéalta go léir. Nach deas a
bheith in ann tíortha coimhthíocha a fheiceáil. Ba dheas
liom na tíortha sin a fheiceáil i dteannta mo stóirín.

　　Slán go fóill,

Mína

Iarscr. Inis gach rud dom nuair a scríobhfaidh tú. Níor
chuala mé faic uait le tamall fada. Ráflaí cloiste agam
faoi fhear ard ar a bhfuil gruaig chatach?

*Litir ó Lucy Westenra chuig Mína Murray, Dé
Céadaoin*

A Mhína dhil,

　　Gabhaim buíochas leat as ucht do litreach. Is é an fear
ard catach ná an Dr John Seward. Arthur a chuir in
aithne dom é. Is é do shaghas-sa é (murach tú a bheith
geallta le Jonathan) agus thar a bheith dathúil. Níl sé ach
naoi mbliana is fiche d'aois agus é i bhfeighil
gealtlainne.

　　Tharla rud iontach inniu. Féach orm is gan scór bliain
slánaithe agam fós, gan ceiliúr pósta curtha ag éinne
orm agus inniu tháinig triúr do m'iarraidh. Trí cheiliúr
pósta in aon lá amháin! Nach é an diabhal é! Tá an-trua
agam don bheirt eile. Caithfidh mé insint duit fúthu ach
bí i do rúnaí maith: ar ndóigh, féadann tú é a insint do
Jonathan más áil leat.

　　Roimh lón a tháinig an chéad diúlach, is é sin an Dr
John Seward, fear na gealtlainne. Dúirt sé go raibh grá
aige dom agus d'fhiafraigh sé díom ansin an
bhféadfainnse grá a thabhairt dó siúd. Nuair a
dhiúltaigh mé dó le croitheadh beag mo chinn tháinig
crith lámh air. Dúirt mise leis go raibh fear eile ann
agus rug sé ar dhá lámh orm gur ghuigh sonas orm is

séan. Níl neart agam ar na deora seo, a Mhína agus maith dhom an smál ar an litir seo. Táim cráite ach fós tá ríméad orm.

Tá Arthur díreach imithe agus braithim níos fearr anois. Leanfaidh mé orm le mo scéal. Sea, a mhaoineach, i ndiaidh lóin a tháinig an dara suiríoch. Fear breá é, Meiriceánach as Teicseas, agus is iomaí eachtra atá curtha de aige de dhuine chomh hóg leis. Quincey P. Morris is ainm dó agus tar éis dó a mhórghrá a chur in iúl dom b'éigean dom a rá leis go raibh fear eile ann. Duine uasal amach is amach is ea é agus cé gur shil mé na deora á rá leis nach bhféadfainn mo chroí a thabhairt dó, thug sé sólás dom agus ghabh buíochas liom as ucht a bheith chomh macánta sin leis. Roimh dó imeacht thug mé póigín dó agus chuir sin séala, a dúirt sé, ar ár gcairdeas go lá mo bháis. Rith na deora liom go fras!

Do chara go héag,
Lucy.

Iarscr. – Ó, mo dhearmad – níor inis mé duit faoi uimhir a trí. An gá? Ar aon nós, tá mearbhall orm. Níor thúisce sa seomra é Arthur go raibh á dhá lámh timpeall orm, do mo phógadh go dlúth. Nach méanar dom!

Cín Lae An Dr Seward

25 Aibreán Nílim in ann ithe inniu. Ó ligeadh síos mé inné tá mo chroí ina chrotal cnó. San obair amháin atá mo leigheas. Chuaigh mé síos i measc na n-othar inniu agus phioc mé amach duine atá an-éagsúil ón gcuid eile. Renfield is ainm dó, é ag bordáil ar an trí scór – é millteanach láidir agus teasaí; fiosracht mhífholláin ann; babhtaí duaircis; níl aon amhras ná gur dainséarach an neach é.

Litir ó Quincey P. Morris chuig Arthur Holmwood

25 Bealtaine

A Airt, a dhuine chléibh,

Bhímis ag caitheamh na hoíche ag insint scéalta dá chéile agus tá scéalta le hinsint fós! An dtiocfá chugam istoíche amárach? Beidh ár gcara dílis Jack Seward ann agus is mian leis an mbeirt againn sláinte an ainnirín sin agat a ól. Ní foláir nó is tú an té is séanmhaire ar domhan.

Do chara go buan,

Quincey P. Morris.

26 Bealtaine

Sreangscéal ó Arthur Holmwood chuig Quincey P. Morris

Féadann tú brath orm uair ar bith. Scéal agam a bheidh ina dhíol suime daoibh beirt.

Art

Cín Lae Mhína Murray

24 Iúil, Whitby Bhí Lucy romham ag an stáisiún agus í chomh bláfar is a bhí riamh. Is breá an áit é seo agus níl easpa radharc gleoite air. In airde os cionn an bhaile bhig atá iarsmaí Mhainistir Whitby. Mainistir ollmhór í agus go leor scéalta ann faoin séipéal atá inti, scéal acu a deir go seasann bean mhílítheach san fhuinneog ann.

Tá séipéal eile ar an mbaile, séipéal an pharóiste agus reilig mhór ina thimpeall ag cur thar maoil le leaca uaighe. Is ann atáim anois, leabhar ar mo ghlúin agus mé ag scríobh. Thíos fúm tá an cuan agus finscéal acu ina thaobh sin chomh maith – nuair a théann long go tóin poill cloistear cloig amuigh ar an bhfarraige.

Tá seanfhear chugam agus caithfidh mé fiafraí de ina thaobh. Is ait an seanduine é agus é chomh críonna leis an gceo a déarfainn. Ná clois a gcloisfidh tú an mana atá aige ní folár mar nuair a d'fhiafraigh mé de i dtaobh na gclog ar sé, "Má bhuail siad, ní le mo linnse a bhuail" agus as leis na céimeanna síos agus é ag bacadáil.

1 Lúnasa Tháinig mé go dtí an áit chéanna seo tuairim is uair an chloig ó shin agus Lucy i mo theannta. Bhí píosa comhrá againn leis an seanduine. Ba ghleoite í

Lucy faoina gúna bán agus ba ghairid go raibh seanfhir eile bailithe timpeall uirthi. Is cineálta í i gcomhluadar na sean agus ceapaim go dtiteann siad ar fad i ngrá léi ar an toirt.

Tháinig mé anseo i m'aonar níos déanaí sa lá. Tá cumha orm. Ní raibh litir ann dom. Tá súil le Dia agam nach bhfuil faic cearr le mo Jonathansa. Ba bhreá liom é a bheith anseo.

Cín Lae an Dr Seward

15 Meitheamh Cás an-spéisiúil go deo é an t-othar atá agam, Renfield. Tá nós fíoraisteach aige breith ar chuileoga. Go deimhin, tá an oiread sin díobh cnuasaithe aige go mb'éigean dom iarraidh air fáil réidh leo go léir. "An dtabharfá cairde trí lá dom?" ar seisean liom go himpíoch. Dúirt mise leis go dtabharfainn agus gheall sé fáil réidh leis an gcoilíneacht ait a bhí cruthaithe aige. Ní mór dom é a fhaire go géar.

18 Meitheamh Spéis aige anois i ndamháin alla agus beathaíonn sé ar na cuileoga iad.

1 Iúil Tá sé seo ag dul thar fóir. Na damháin alla chomh mór ina núis is a bhí na cuileoga. Tháinig fearg orm inniu leis agus d'fhógair mé an uile shníomhaí snámhaí aige in ainm an diabhail. Chuir an t-ordú sin tocht bróin air ach d'aontaigh sé rud a dhéanamh orm.

Chuir sé an-déistin orm agus mé ina theannta sa chillín cúng. Ní túisce cuileog a eitilt isteach ná í gafa aige idir méar agus ordóg agus é réidh lena hithe.

"Éirigh as láithreach," ar mé de bhúir, "is mínáireach an nós agat é." D'fhéach sé orm agus d'inis dom go mbíonn an-chothú sna cuileoga. Caithfidh mé féachaint conas tá beartaithe aige fáil réidh leis na damháin alla.

8 Iúil Choinnigh mé amach ó Renfield ar feadh roinnt laethanta. Tá súil agam go dtiocfaidh athrú éigin ar a iompar. Tá peata nua anois aige, gealbhan, agus é leathmhínithe aige. An damhán alla ina dhuais aige dó. A bhfuil fágtha de dhamháin alla á gcothú i gcónaí le cuileoga.

19 Iúil Dul chun cinn déanta. Is beag damhán alla nó cuileog fágtha ach tá an cillín ina éanlann gealbhan aige! Nuair a bhuail mé isteach de rúid chuige, d'impigh sé orm cat a fháil dó. Dhiúltaigh mé, ar ndóigh, agus shuigh sé síos ar nós maicín ar ceileadh cáca seacláide air, agus chrom ar a mhéara a chogaint.

20 Iúil, 11 a.m. Tháinig an maoirseoir chugam agus ga seá air. "Renfield tinn," ar sé, "cleití caite aníos aige." Is amhlaidh a d'ith sé na gealbhain – amh! Nach ait an mac é, damháin alla á gcothú le cuileoga, gealbhain le damháin alla, agus cat de dhíth air ansin! Agus na lúba eile sa slabhra seo? Cá bhfios.

Cín Lae Mhína Murray

26 Iúil Tá an-imní orm. Níor chuala ó Jonathan le tamall fada. Inné, áfach, sheol Mr Hawkins, a chomhpháirtí sinsearach, litir chugam a tháinig uaidh. Níl inti ach líne amháin, ó Chaisleán Dracula, ag cur in iúl go bhfuil sé ar tí triall abhaile. Ní hin an saghas teachtaireachta is dual dó; ní thuigim é mar scéal agus tá imní orm.

Ar an taobh eile den scéal, tá Lucy tosaithe ar an suansiúl arís. Beidh Mr. Holmwood chugainn go luath mar nach bhfuil a athair ar fónamh. Tá na huaireanta á gcomhaireamh ag Lucy, measaim.

27 Iúil Gan scéal ná duan ó mo ghrá geal go fóill. Bíonn Lucy ag suansiúl anois istoíche, níos mó ná riamh, agus baineann sin codladh na hoíche díom.

3 Lúnasa Níl an oiread sin suansiúil déanta ag Lucy le seachtain. Ach tá rud éigin mar gheall uirthi nach dtuigim; agus mo chara dil ina codladh, feictear dom gur ag breathnú orm a bhíonn sí. Triaileann sí an doras agus nuair a fhaigheann sí faoi ghlas é, seo timpeall an tseomra í ag súil leis an eochair a fháil.

6 Lúnasa Nach géar é mo scéal! Cá bhfuil Jonathan nó

cad tá ar bun aige? Go dtuga Dia foighne dom. Tá Lucy chomh corrthónach is a bhí ach seachas sin ní fheicim mórán eile cearr léi. Is bagrach í an aimsir agus deir iascairí na háite go bhfuil anfa chugainn.

Gearrthán as an 'Daily Telegraph' (greamaithe de Chín Lae Mhína Murray) ó chomhfhreagraí Whitby

Tharla ceann de na stoirmeacha is mó le fada an lá anseo agus gan choinne a tháinig sí. Tráthnóna aréir agus an ghrian ag dul faoi ba dhóigh leat an mhuir a bheith ar bharr lasrach. Bhí dathanna éagsúla ag coimheascar le chéile, corcra, bándearg, fionnghlas, corcarghorm agus an uile imir den ór in aghaidh an scáthphictiúir ollmhóir. Dá bpéinteálfaí an radharc dhéanfaí ceap magaidh den ealaíontóir as ró-úsáid dathanna.

Ar a deich a chlog is trom a luigh an ciúnas ar chách. Go gairid tar éis an mheán oíche ba chlos torann ait aniar ón bhfarraige agus búireach tholl sna firmimintí in airde.

Ansin, gan choinne, bhí ina stoirm thoirní. Bhí na tonnta ag éirí agus an ghaoth ag búiríl ar nós ollphéiste.

Tháinig ceo farraige ina bhrat trom i dtír. Nuair a ghlanadh an ceo ó am go chéile d'fheictí cáitheadh na dtonn faoi splanc lasrach. A leithéid de stoirm ní fhacthas cheana agus beidh cuimhne go brách uirthi. Go tobann, fuarthas radharc ar bharr na dtonn ard ar scúnar eachtrannach. Bhí na seolta go léir in airde aici is í ag imeacht le gaoth gur thuirling ar an gcladach.

Díreach ansin léim madra ollmhór amach aisti agus thug do na boinn é. Chuaigh an garda cósta ar bord agus cad é mar alltacht a bhí air corpán a fheiceáil agus é ceangailte den stiúir, lámh amháin thar an lámh eile. Idir an lámh

istigh agus an t-adhmad bhí cros chéasta. Bhí buidéilín ina
phóca aige a bhí folamh seachas píosa páipéir a bhí ina
aguisín le cur sa leabhar loinge. Deir an garda cósta liom
gurb amhlaidh a cheangail sé é féin den stiúir agus ba lena
chuid fiacla a chuir sé na snaidhmeanna sa rópa.

9 Lúnasa Is iontach le rá é an méid a tharla tar éis don
scúnar seo a theacht chun cladaigh. Dealraíonn sé gur
bád Rúiseach í agus *Demeter* mar ainm uirthi. Is beag
lasta a bhí ar bord seachas roinnt boscaí agus cré iontu
agus iad coinsínithe chuig aturnae in Whitby a chuaigh
ar bord ar maidin agus a ghlac seilbh orthu. Is é is mó
atá ag déanamh iontais do mhuintir an bhaile an madra
aisteach a léim amach as an mbád. Níl tásc ná tuairisc
air. Tháinig ceannaí guail áitiúil, áfach, ar a ghadhar féin,
maistín measctha, agus é maol marbh. Réabadh a
mhuineál agus gearradh a bholg.

San aguisín leis an leabhar loinge a luaigh mé inné
agus a scaoileadh amach ó shin tá fíricí uafásacha faoi
mhátaí a cailleadh ar bord, an fhoireann imithe le
craobhacha, taibhsí nach bpollfadh scian iad, baill foirne
ag imeacht gan tásc, athruithe aisteacha ar an aimsir,
scaoll is sceimhle. Níl an tuairisceoir seo daingean faoi
na nithe seo go léir ach tá rud amháin cinnte, pé ní a
tharla ar bord an *Demeter* is fada a bheas trácht air in
Whitby.

Cín Lae Mhína Murray

8 Lúnasa Bhí Lucy an-suaite aréir is níor dhún mé féin
súil i gcaitheamh na hoíche. Bhí an stoirm go huafásach.
Aisteach go leor níor dhúisigh Lucy; d'éirigh sí faoi dhó
agus ghléas sí. Ar ámharaí an tsaoil, bhí mé i mo
dhúiseacht. Bhain mé a cuid éadaigh di agus chuir mé ar

ais sa leaba í. Ar maidin, d'inis sí dom gur tháinig
tromluí uirthi.

10 Lúnasa Bhí sochraid an chaptaein mhara bhoicht
inniu ann. Bhí Lucy i mo theannta, mearbhall agus
meirtne uirthi. Mar bharr ar an mí-ádh, fuarthas sínte
marbh ar an mbinse a suímis air an seanduine ar
labhraíomar leis cúpla lá ó shin. A mhuineál briste.
Rinne an dochtúir amach gurbh amhlaidh a thit sé i
ndiaidh a chúil le barr scéine. Agus rud ait eile, ní fios
cad tá tagtha ar ghadhair an cheantair. Gadhair arb eol
dúinn iad a bheith muinteartha ag tafann agus ag
drannadh linn.
    Táimid sa bhaile anois agus Lucy ag ligean a scíthe. Is
dóigh liom go bhfuil an suaitheadh sin curtha di aici.
Monuar gan Jonathan faram ach ar a laghad ar bith is
maith nach ar muir a bhí sé oíche na gaoithe móire.

11 Lúnasa, 3 a.m. Nílim in ann codladh a dhéanamh,
mar sin tá sé chomh maith agam a bheith ag breacadh
liom. Tharla crá croí d'eachtra dúinn anocht. Thit mo
chodladh orm a luaithe is a bhí an chín lae dúnta agam.
Dhúisigh mé de phreib agus Lucy gan a bheith ina leaba
– ná sa seomra. Chuaigh mé amach ach rian di ní fhaca
aon áit. Oíche spéirghealaí a bhí ann agus thug mé
m'aghaidh ar an tseanreilig ó ba mhinic Lucy ag siúl an
bealach sin. Ar an mbinse ar ghnách linn suí air, b'iúd
romham scáthchruth éigin. Ba í Lucy í – d'aithin mé
cruth a léine oíche. Ach thug mé faoi deara rud éigin
dorcha laistiar den bhinse. Ní fhéadfainn é a dhéanamh
amach. Neach éigin mheas mé, é sin nó bhí speabhraídí
orm.
    Ghlaoigh mé uirthi agus chonaic mé uaim a
chloigeann á ardú ag an neach sin, aghaidh chailce, dhá

shúil dhearga ag lonrú. Níor fhreagair Lucy agus b'eo
mé faoi dheifir i dtreo gheata na cille.

Ba mhall faiteach mo choiscéim is mé ag druidim faoi
dhéin mo charad, í ar a leasluí is ina haonar. Nuair a
chrom mé thairsti ba léir dom í a bheith fós ina codladh,
ach ní go sámh mar bhí a hanáil i mbarr a goib léi, mar a
bheadh sí ag iarraidh a scamhóga a líonadh. Shocraigh mé
an seál teolaí thar a guaillí agus cheangail mé ar a bráid é
le biorán dúnta; níl a fhios agam an le barr amscaíochta
nó deifir é ach ní foláir gur phrioc mé í mar chuir sí a
lámh lena muineál arís is arís eile is í ag éagaoin.

An lá céanna, um nóin Chodail Lucy go sámh. Ní

foláir nó gurb í mo chiotaí faoi deara é agus gur phrioc mé go deimhin í mar tá dhá phoillín dhearga ar a muineál agus ar bhanda a léine oíche tá braon fola.

12 Lúnasa Táim buartha i dtaobh Lucy. Dúisíodh faoi dhó i lár na hoíche mé is í ag iarraidh éalú. Fiú agus í ina codladh ba léir an-mhífhoighne ag teacht uirthi an doras a bheith dúnta ina haghaidh. Bhí sí ar a seanléim arís ar maidin, ámh, agus bhí comhrá breá againn; ba chás léi a bhuartha is atáim i dtaobh Jonathan.

13 Lúnasa Lá suaimhneach arís. Thug mé an leaba orm féin go luath. Nuair a dhúisigh mé bhí Lucy suite aniar sa leaba, í ina codladh agus méar dírithe i dtreo na fuinneoige aici. Sall liom chun féachaint amach ar an oíche spéirghealaí. Chonaic mé an ialtóg mhór seo ag teacht is ag imeacht i bhfáinní buile. D'eitil léi ansin i dtreo na Mainistreach. Luigh Lucy siar ansin agus ní raibh gíog aisti an chuid eile den oíche.

14 Lúnasa Ar mo theacht abhaile dom i ndiaidh spaisteoireacht thaitneamhach a dhéanamh, catsúil dar thug mé in airde b'iúd Lucy agus a cloigeann amach an fhuinneog. Mheas mé gur do mo lorgsa a bhí sí gur thug mé faoi deara gur ina codladh a bhí sí i gcónaí. Taobh léi ar leac na fuinneoige bhí mar a bheadh éan beathaithe ann. Chuir mé an staighre díom go tapa mar is é an eagla a bhí orm í fuacht a fháil.

Isteach liom sa seomra agus is é a fuair mé romham Lucy ag siúl go mall ar ais chun a leapa. Ina codladh a bhí sí i gcónaí agus greim aici ar a muineál. Ní fhéadfadh go raibh priocadh an bhioráin sin ag cur as di i gcónaí. Nuair a luigh sí siar, chonaic mé nach raibh aon chneasú ar an gcréacht bheag ach a mhalairt.

15 Lúnasa. D'éirigh mé níos déanaí ná mar is gnách liom. Bhí an-tuirse ar Lucy agus d'fhan sí sa leaba. Tá feabhas éigin ar athair Airt agus fonn air a mhac a fheiceáil socraithe síos. Tá máthair Lucy gan a bheith ar fónamh, áfach, rud a d'inis sí dom faoi rún i dtreo is nach gcuirfí isteach ar Lucy.

17 Lúnasa Faic sa dialann le dhá lá anuas. Ní thagann an scríobh chugam. Scéal ná duan níl agam ó mo ghrá bán agus Lucy ag éirí níos laige, go mór mór istoíche. Níl cuma rómhaith ar na marcanna sin ar a muineál agus mura dtiocfaidh feabhas uirthi beidh orm fios a chur ar an dochtúir.

Litir, Samuel F. Billington agus a Mhac, Aturnaetha, Whitby, chuig Messers. Cartier, Paterson & Cuid., Londain

17 Lúnasa
A Dhaoine Uaisle,

Leis seo sonrasc na n-earraí atá le seachadadh chuig Carfax. Tá an teach folamh faoi láthair ach gheobhaidh tú na heochracha faoi iamh. Cuir na boscaí, le do thoil – leathchéad díobh ar fad – san fhoirgneamh páirtleagtha, marcáilte 'A' ar an léaráid a ghabhann leis seo. Arna bhfágáil daoibh, fágaigí na heochracha ar an mbord i bpríomh-halla an tí. Baileoidh an t-úinéir iad arna theacht isteach dó.

Sinne le meas,
Samuel F. Billington agus a Mhac

Cín Lae Mhína Murray

18 Lúnasa Táim sona inniu. Tá feabhas ar Lucy agus codladh maith á fháil aici. Braithim go bhfuil biseach

uirthi. Tá imir den rós ina leicne cailce agus bhí áthas ar
a máthair í a fheiceáil.

19 Lúnasa Nach méanar dom! Dea-scéal ach an doilíos
tríd. Scéala ó Jonathan i ndeireadh na dála. Bhí mo stóirín
tinn agus sin an fáth nár scríobh sé. Táim chun triall ar
Bhúdaipeist amárach agus é a thabhairt abhaile liom.

Cín Lae an Dr Seward

19 Lúnasa Athrú aisteach tobann ar Renfield aréir.
Thart ar a hocht a chlog, thosaigh sé ag smúrthacht
thart ar nós gadhair. D'fhéach sé orm agus dúirt go raibh
an máistir láimh linn. D'éalaigh sé níos déanaí agus
chuaigh mé féin agus triúr fear faire á leanúint.
Thángamar air láimh leis an seanséipéal tréigthe ar
thailte Carfax. Bhí sé ina sheasamh agus a mheáchan leis
an doras agus an chuma ar an scéal go raibh sé ag caint
le duine éigin. Chuala gach a ndúirt m'othar. Ag caint le
"Máistir" a bhí sé agus ag tabhairt le fios dó go mbeadh
sé géilliúil dó.

"Anois agus tú inár measc," ar sé, "beidh mé ag
feitheamh le horduithe uait! Ní thabharfaidh tú droim
láimhe dom, a Mháistir? Gheobhaidh mé cúiteamh mo
dhílseachta uait?" Thimpeallaíomar é agus chuir sé inár
gcoinne mar a bheadh leon cuthaigh ann. Ní fhaca mé
taom buile mar é ar ghealt riamh agus nára fheice mé
arís a leithéid! Tar éis dúinn é a shuaimhniú agus veist
cheangail a chur air, d'fhéach sé orm faoi mar ba dhuine
eile mé agus ar sé, "Beidh foighne agam, a Mháistir.
Tiocfaidh ár n-oíche!"

Ní mór dom dul a chodladh anois agus amárach
tabharfaidh mé faoina thuilleadh a fháil amach i dtaobh
an othair neamhchoitianta seo.

Caibidil a Cúig

Litir, Mína Harker chuig Lucy Westenra, Búdaipeist, 24 Lúnasa.

A Lucy, a ghile,

Tá a fhios agam go bhfuil an-fhonn ort a fháil amach cad d'imigh orm ón uair dheireanach a chonaiceamar a chéile. Tá mé féin is mo ghrá bán le chéile arís ach tá cuma thanaí mhílítheach ar an bhfear bocht. Chonaic sé Murchadh, is léir! Ba í an tSiúr Agatha a bhí ag tabhairt aire dó agus d'inis sí dom gur ag rámhaille a bhí sé, agus ghearr sí fíor na Croise uirthi féin ag iarraidh an scéal a chur abhaile orm. Aithníonn Jonathan mé agus dearbhaíonn a ghrá go láidir dom. A Lucy, a mhaoineach, táimid chun pósadh láithreach. Ní mór dom imeacht anois mar tá sé ag dúiseacht; ní mór dom friotháil ar m'fhear céile!

Agus cion agam ort i gcónaí,

Mína

Litir, Lucy Westenra chuig Mína Harker, Whitby,

30 Lúnasa

A Mhína, a thaisce,

Póga ina mílte chugat agus mé ag tnúth le tú féin is

44

d'fhear céile a fheiceáil go han-luath. Beidh áthas ort a chloisteáil nach mbím ag suansiúl níos mó. Tá Art in éineacht liom agus grá thar na bearta agam dó níos mó ná riamh. Cuireann mo mháthair a beannacht chugaibh. Mé féin agus Art ag pósadh ar an 28 Meán Fómhair! Beatha agus sláinte chugaibh!

Cín Lae an Dr Seward

20 Lúnasa Scéal suaite é gan aon agó cás Renfield. An oíche cheana chuala é ag monabhar: "Anois tig liom fanacht, tig liom fanacht anois." Deir an giolla liom go raibh an t-othar corraithe tamall, tamall eile foréigneach agus ansin faoi mar a bheadh sé i dtámhnéal. É seo tar éis tarlú trí oíche as a chéile.

23 Lúnasa Thug sé na cosa leis arís agus leanamar é go dtí doras an tséipéil. Chuir sé inár n-aghaidh ar dtús agus ansin d'éirigh sé ciúin. Ba dhóigh leat go raibh sé ag féachaint ar rud éigin. Chas mé timpeall ach ní fhaca faic ach ialtóg ag éalú léi go diamhair siar. Is gnách do na hialtóga eitilt leo thall is abhus ach bhí a cúrsa roimpi díreach aici seo faoi mar b'eol di go baileach cá raibh a triall. D'fhill an t-othar inár bhfochair ansin gan míocs ná gíocs as.

Cín Lae Lucy Westenra

Hillingham, 24 Lúnasa B'fhacthas dom gur ag taibhreamh a bhí mé arís aréir, ar nós mar a bhí agam agus mé in Whitby. Ní cuimhin liom faic ach tá eagla m'anama orm. Táim tnáite spíonta. Ní foláir nó tá rud éigin cearr le mo scamhóga mar nach bhfaighim riamh mo dhóthain aeir. Beidh aoibh níos fearr orm, tá súil agam, nuair a thiocfaidh Art.

Litir, Arthur Holmwood chuig an Dr Seward

Albemarle Hotel, 31 Lúnasa
A Jack, a chara na n-ae,

Déan gar dom le do thoil. Tá Lucy an-tinn agus ag éirí níos measa in aghaidh an lae. Tá ní éigin ag luí go trom ar a haigne, an créatúr. Dá dtiocfá chun breathnú uirthi bheinn buíoch díot go deo.

Mo bheannacht ort,

Art

Litir ón Dr Seward chuig Arthur Holmwood

2 Meán Fómhair
A chara ionúin,

I dtaca le sláinte Lucy de, ní léir domsa aon ghalar a bheith uirthi. D'fhéach sí go breá i mo thuairimse. Bhí dath neamhfholach uirthi, mheas mé, ach ní údar inmí é. Mar sin féin, tá scríofa agam chuig seanchara liom ónar fhoghlaim mé a lán, an tOllamh Van Helsing in Amstardam, saineolaí ar ghalair dhorcha. Tiocfaidh sé anall chun breathnú uirthi. Feicfidh mé Lucy arís amárach agus iarraim ort, le do thoil, gan a bheith róbhuartha ina taobh.

Beir bua,

John Seward.

Litir ó John Seward chuig Arthur Holmwood

3 Meán Fómhair
A Airt, a chara mo chléibh,

Tháinig agus d'imigh Van Helsing. Rinne sé mionscrúdú ar an othar agus tá seisean, leis, den tuairim nach call dúinn a bheith róbhuartha. Tá sé fillte ar an

Ollainn chun roinnt leabhar a cheadú. Cloisim nach bhfuil d'athair ar fónamh agus caithfidh gur dian ort é. Scríobhfaidh mé arís go luath agus inseoidh mé duit faoi Lucy agus an bhail atá uirthi.

John

Cín Lae an Dr Seward

4 Meán Fómhair Is díol spéise é Renfield i gcónaí. Tagann taomanna buile air agus suaimhneas tobann dá n-éis. Rug mé air agus é ag ithe cuileog agus ghabh sé leithscéal liom. Bhí cuma an-uaigneach air ar feadh meandair agus ansin ar seisean os ard, leis féin. "Tá sé thart, thart! Táim tréigthe aige. Beidh orm brath orm féin nó níl faic i ndán dom." Sall leis ansin go dtí an fhuinneog agus chaith amach an cnuasach cuileog aige. D'fhiafraigh mé de cad ba bhun leis sin agus d'fhreagair sé os íseal, "Cuireann an ghrathain sin bréantas orm." N'fheadar cad iad na smaointe a bhíonn ag imeacht trína cheann?

7 Meán Fómhair Lucy buailte síos arís agus í go hainnis. Díreach nuair a bhí biseach uirthi, dar linn. Tá Van Helsing chugainn arís agus eadrainn b'fhéidir go n-aithneoimis an fhadhb. Bhí sé an-suaite nuair a leag sé súil ar Lucy. Bhí sí mílítheach creatach. Thug Van Helsing isteach sa seomra mé agus dúirt go raibh gá le fuilaistriú ar an toirt. Bhí mé sásta rud a dhéanamh air nuair a tháinig Arthur agus ga seá air.

"Cad is féidir liom a dhéanamh?" a d'fhiafraigh sé de Van Helsing.

"Ní mór duit a bheith i do dheontóir fola!" Bhí práinn ina ghuth ag Van Helsing agus Art á thionlacan aige i dtreo a ghrá dhil. Tosaíodh láithreach ar an obráid.

De réir a chéile tháinig idir bheocht agus lí ar ais i

gcuntanós Lucy. Rinne Art meangadh gáire. D'iarr Van Helsing orm Art a thabhairt síos staighre agus braon pórtfhíona a thabhairt dó. Nuair a d'fhill mé ar an seomra bhí Lucy ina sámhchodladh. Phléigh Van Helsing is mé féin na marcanna diamhra ar a muineál. Ní raibh a fhios againn cad faoi deara iad ach bhí an t-ollamh corraithe acu agus dúirt sé go gcaithfeadh sé filleadh ar Amstardam agus roinnt leabhar a bhreith anall leis. Gheall sé dom nach ndéanfadh sé puinn moille.

8 Meán Fómhair D'fhan mé i mo shuí an oíche go léir i dteannta Lucy. Ní haon droch-chuma a bhí uirthi. An mhaidin dár gcionn chuaigh mé abhaile. Fuair mé sreangscéal ó Van Helsing ag moladh dom a bheith in Hillingham anocht, go mb'fhéidir go mbeadh gá liom.

9 Meán Fómhair Bhí mé cortha tnáite faoin am ar shroich mé Hillingham. Níl codladh déanta agam le dhá oíche anuas. Bhí Lucy ina suí agus dea-aoibh uirthi. Mhol sí dom dul a luí dom féin, gur mhothaigh sí go breá. Chuir mé ina coinne ar dtús ach ansin tuigeadh dom go raibh an ceart aici agus chuaigh mé a chodladh sa seomra taobh léi. D'fhág mé doras a seomrasa ar leathadh ar eagla na heagla.

10 Meán Fómhair Bhraith mé lámh an ollaimh ar mo chlár éadain agus dhúisigh mé de phreib. Nuair a d'fhiafraigh sé díom cén bhail a bhí ar Lucy, dúirt mise leis nach raibh caill uirthi nuair a d'fhág mé í. Chuamar beirt isteach sa seomra chuici, Van Helsing chun na leapa agus mise chun an dallóg a oscailt. "*Mein Gott!*" a deir an t-ollamh, agus lúb na cosa fúm. Bhí Lucy ina luí sa leaba, a haghaidh níos báine ná riamh, an drandal craptha siar ó na fiacla ar bhealach scanrúil. Bhraith sé a cuisle agus ar sé láithreach: "Nílimid ródhéanach, ní mór dúinn tosú as an nua. Níl Art in éineacht linn, mar sin ní mór duitse seasamh sa bhearna bhaoil."

Chuireamar an fuilaistriú i gcrích agus arís ba léir imir éigin dá seansnua a theacht ar ais ina grua. Bhraith mé lag. Nuair a dhúisigh Lucy bhí biseach éigin uirthi ach fós gan í a bheith ar fónamh.

11 Meán Fómhair Lucy ag teacht chuici féin. Beart faighte ag an ollamh sa phost agus sceitimíní air. D'oscail sé é agus thaispeáin sé carn mór bláthanna bána dom.

"Duitse iad, a Lucy," ar sé go meidhreach.

"Domsa? Ó, a Dhochtúir Van Helsing! Ghlac Lucy leis na bláthanna ach chaith uaithi ar an toirt iad agus ar sí,

idir shúgradh is dáiríre agus leathdhéistin uirthi chomh maith:

"An ag magadh fúm atá tú, a ollaimh? Níl iontu ach gairleog!

D'éirigh an t-ollamh ina sheasamh, a dhá mhala ag brú in aghaidh a chéile agus lig búir as: "Beir ar do stuaim! Ní bhímse ag pleidhcíocht. Bíonn aidhm thromchúiseach agam leis an uile ní."

Bhain sin stangadh aisti agus asam féin. Rinne sé bláthfhleasc ansin agus d'ordaigh do Lucy í a chaitheamh an t-am ar fad. Scaip sé fuílleach na gairleoige timpeall an tseomra agus chuir glas ar na fuinneoga. B'ait le Lucy an obair seo ar fad ach ghabh sí buíochas leis an ollamh ar a shon san. Rinne sé meangadh gáire agus d'fhágamar beirt an seomra.

13 Meán Fómhair Bhain Van Helsing is mé féin Hillingham amach ar a hocht a chlog. D'fháiltigh máthair Lucy romhainn agus dúirt go raibh a hiníon ar fónamh agus go raibh an ghairleog caite amach aici toisc boladh bréan a bheith uaithi. D'iompaigh a lí ar an ollamh. Nuair a d'fhág sí an seomra d'fhéach sé orm go duairc agus ar seisean: "A Dhé! Tá cumhachtaí uile an diabhail inár n-aghaidh. Ach, a dhuine na n-árann, troidfimid in aghaidh na ndeamhan."

Rith sé sall chun a chuid málaí a fháil agus bhrostaíomar chuig seomra Lucy. "Faoi mar a cheap mé …", ar seisean agus leag sé a chuid ionstraimí roimhe, ag ullmhú le haghaidh fuilaistriú eile fós. An uair seo, ba é an dochtúir féin a thálfadh a chuid fola. D'éirigh réasúnta maith leis. Tháinig imir dá lí ar ais chuici. D'iarr Van Helsing ar a máthair gan baint don ghairleog arís, go mba chuid den leigheas ab ea í. Cad is brí leis seo go léir, n'fheadar?

Cín Lae Lucy Westenra

17 Meán Fómhair Chodail mé go maith le ceithre oíche anuas. Ó tháinig an Dr Van Helsing ní trom í m'intinn istoíche faoi mar a bhíodh. Is deas liom an ghairleog fiú amháin! Ní mór don dochtúir filleadh ar Amstardam inniu, ach ba chóir go mbeinn i gceart. Bhí ialtóg san fhuinneog aréir agus í ag cleitearnach ar nós an diabhail.

Cín Lae an Dr Seward

17 Meán Fómhair Thug Renfield fogha fíochmhar fúm inniu agus scian ina ghlac. Ghearr sé mo rosta agus b'iúd ag lí na fola den urlár é. Chuir na giollaí ceangal na gcúig gcaol air. Bhí gach aon mhonabhar aige: "Is é is beatha ann fuil, is é is beatha ann fuil!" Tá mo dhóthain fola caillte agam!

Sreangscéal, Van Helsing, Antuairp, chuig Seward, Carfax

17 Meán Fómhair (Curtha chuig Carfax, Sussex, nuair nár luadh an contae; moill dhá uair fichead ar a sheachadadh).
Bí cinnte a bheith in Hillingham anocht agus déan deimhin de an ghairleog a bheith sa seomra i gcónaí. Ní fada go bhfeicfidh mé ann tú.

Cín Lae an Dr Seward

18 Meán Fomhair Ar mo bhealach go Londain anois díreach. Súil agam nár tharla faic do Lucy. Oíche iomlán caillte.

Meamram a d'fhág Lucy Westenra

17 Meán Fómhair, istoíche Cuntas cruinn é seo ar ar tharla anocht. Braithim chomh lag sin gur ar éigean atáim in ann scríobh. Chuaigh mé a luí agus na bláthanna timpeall mo mhuiníl mar a chomhairligh an Dr Van Helsing dom a dhéanamh. Cleitearnach ag an bhfuinneog a chuir isteach orm. Ní raibh mé róscanraithe ach bhí mé ag súil go mbeadh an Dr Seward sa seomra taobh liom mar a gheall Val Helsing go mbeadh.

Go tobann, sa chaschoill lasmuigh, chuala tafann nó glamaíl éigin. D'fhéach mé amach ach ní fhaca faic ach stumpa d'ialtóg agus chuaigh mé ar ais sa leaba. Níorbh fhada gur oscail an doras agus tháinig mo mháthair isteach. D'iarr mé uirthi fanacht tamall i mo theannta. Rinne sí amhlaidh. Chlaon a cloigeann le m'ucht agus chuala arís an chleitearnach ag an bhfuinneog. Chualamar glam sa chaschoill agus an chéad rud eile an fhuinneog á réabadh isteach. Séideadh an dallóg i leataobh agus cad a sháigh a chloigeann tríd an ngloine bhriste ach mac tíre cnámhach!

Bhéic mo Mham le teann sceimhle agus rug greim orm. Sciob díom ansin na bláthanna a bhí orm agus chaith uaithi iad. Bhí mo dhá shúil sáite sa mhac tíre agus nuair a chúlaigh sé, shéid an ghaoth agus líonadh an seomra le dúradáin. Mearbhall agus tuirse an domhain orm. Dúisíodh na cailíní aimsire ag an torann. Nuair a chonaic siad cad a tharla lig siad liú. Thóg siad mo mháthair agus chlúdaigh le braillín í. Bhí siad go léir chomh geitiúil sin go ndúirt mé leo imeacht go dtí an parlús agus braon seiris a ól. Leag mé bláthanna ar ucht mo mháthar, mar ba léir dom go raibh an bhean bhocht ar shlí na fírinne – Dia ár réiteach!

Nuair a chuaigh mé go dtí an parlús bhí an ceathrar
searbhóntaí sínte ina bpleist ar an urlár. Bhí deacantar
na seirise leathlán ach fuair mé boladh láidir cógais
uaidh: ládanam mo mháthar ólta acu. Cad a dhéanfainn?
Chuaigh mé ar ais go dtí an seomra. Mé i m'aonar, i
m'aonar leis an marbh. Mac tíre amuigh ag liú. Mo
mháthair imithe uaim. Is mithid domsa imeacht freisin.
Slán, a Airt dhil, go gcumhdaí Dia thú agus go bhféacha
Sé ormsa anuas!

Cín Lae an Dr Seward

18 Meán Fómhair Bhuail mé le Van Helsing os comhair an tí. Bhí an doras faoi ghlas. B'éigean dúinn éalú isteach trí fhuinneog ar chúl an tí. Bhí Van Helsing buartha mar mheas sé go raibh mé tar éis a bheith i dteannta Lucy. "Tá súil agam nach bhfuilimid ródhéanach," ar sé go sollúnta. Suas linn láithreach go dtí seomra leapa Lucy agus a leithéid de radharc a bhí romhainn: Lucy agus a máthair ar an leaba, an mháthair chomh bán leis an mbraillín a chlúdaigh í. Chrom Van Helsing thar Lucy agus d'fhéach a cuisle.

"*Schnell*! *Schnell*!" ar seisean, "faightear braon branda. B'fhéidir fós go mbeimis in ann í a tharrtháil. Ní mór dúinn í a chur isteach san fholcadán."

"Cén fáth sin in ainm Dé?" a deirimse.

"Coinneoidh an t-uisce te an fhuil ag gluaiseacht," ar sé. "Tá gá le fuilaistriú eile a dhéanamh."

"Cé a thálfaidh an uair seo?" a deirimse, agus Van Helsing ag siúl suas síos an seomra. Díreach ansin chualamar duine éigin chugainn. Míorúilt! "Quincey," a deirim féin agus an t-ollamh as béal a chéile agus chrom Van Helsing láithreach ar mhuinchille an fhir óig a rolladh suas.

"Cad sa –" arsa ár gcara Meiriceánach go stadach agus é ag féachaint orainn go hait.

"Cuir do mhuinín ionainn," arsa an t-ollamh leis go lách. "Is tráthúil a tháinig tú, Dé do bheathasa chugainn!"

Tugadh faoin obráid arís. D'fhéachamar go léir ar Lucy agus b'fhacthas dúinn imir éigin dá snua a bheith ag teacht ar ais. Shín mé gloine pórtfhíona chuig Quincey agus ar seisean, ag breathnú ar an mbean óg ina codladh. "Ba chóir go mbeadh sláinte an bhradáin aici

agus fuil ó cheathrar fear groí ag sní trína féitheacha!"
Faic ní dúirt Val Helsing ach monabhar diúltach agus é
ag faire ar a othar faoi shuan.

19 Meán Fómhair Chodail sí réasúnta maith aréir.
Thug mé féin agus Van Helsing rud éigin ait faoi deara.
Bhí cuma níos láidre uirthi agus í ina codladh agus ba
shéimhe a hanálú; nuair a bhí a béal ar oscailt bhí an
drandal gan dath tarraingthe siar agus cuma ar na fiacla
iad a bheith níos faide agus níos géire ná mar ba ghnách.
Agus í ina dúiseacht bhí dath an bháis uirthi, ach
seachas sin ba í an Lucy chéanna í a raibh idir aithne
agus chion againn uirthi.

Chuireamar fios ar Arthur san iarnóin. Chuaigh
Quincey go dtí an stáisiún chun bualadh leis. Ar
fheiceáil a ghrá dhil dó baineadh siar go mór as. Tháinig
biseach beag uirthi agus Arthur i láthair.

Tá sé a haon a chlog anois. Val Helsing is mé féin á
faire. Is eagal liom nach fada eile a bheidh; tá an iomarca
fulaingthe aici, ní sheasfaidh sí i bhfad eile. Go bhfortaí
Dia orainn go léir!

20 Meán Fómhair Braithim go hainnis. Is deacair
peann a chur le pár. Rinne mé uainíocht ar Van Helsing
san fhaire. Shuigh mé in aice léi agus bhog sí go
neamhshuaimhneach. Díreach ansin bhí cleitearnach ag
an bhfuinneog. Sall liom agus d'fhéach mé amach. Bhí
ialtóg mhór á bualadh féin in aghaidh na fuinneoige. Ar
ais liom go dtí an leaba agus bhí an ghairleog bainte dá
muineál ag Lucy. Chuir mé ar ais í agus i gceann
tamaillín dhúisigh sí. D'fháisc sí an ghairleog chuici féin.
Nuair a thit a codladh arís uirthi is amhlaidh a bhrúigh sí
uaithi í.

Ar a sé a chlog tháinig Van Helsing chun m'áit a

ghlacadh. Chrom sé thar Lucy agus thóg an ghairleog. Bhí na créachtaí ar a muineál imithe. D'fhéach Van Helsing uirthi ar feadh cúpla nóiméad. Sa deireadh dúirt sé gur ag saothrú an bháis a bhí sí agus d'iarr sé orm Arthur a dhúiseacht agus a thabhairt chuici.

Nuair a thug mé an scéal dó, ghoil sé go géar goirt. Nuair a chuamar isteach i seomra Lucy thug mé faoi deara gach aon ní a bheith cóirithe ag Van Helsing chomh taitneamhach agus ab fhéidir. Bhí a cuid gruaige scuabtha aige fiú amháin agus í go dualach lonrach ar an bpiliúr. D'oscail sí na súile agus ar sí i gcogar séimh nealltach: "A Arthur, a mhaoineach, tá áthas orm gur tháinig tú. Tabhair póg dom!"

Chrom Arthur go díograiseach chun í a phógadh ach den ala sin – bhí mé féin agus an t-ollamh scanraithe ag

a guth – rug Van Helsing air agus tharraing sé uaithi le fórsa é.

"Ar d'anam ná déan!" ar seisean. Ní raibh a fhios ag Arthur cad ba chúis leis an ordú sin. Bhí mé féin agus Van Helsing ag faire go géar ar Lucy, ámh, ach ghabh spreang feirge í a leath thar a cuntanós mar a bheadh scáth, na fiacla géara, mar a bheadh ag ainmhí, sáite ina chéile. Go tobann, stad sí dá hanálú. "Tá an bás faighte aici," arsa Van Helsing.

D'imigh Arthur go dubhach éadóchasach. Shuigh Van Helsing is mé féin agus stánamar ar an gcorp. Bhí cuid dá háilleacht bronnta uirthi in athuair ag an mbás agus deirge arís ina beola.

"An créatúr bocht," a deirimse, "is síocháin feasta di é. Tá sé thart."

D'iompaigh an t-ollamh chugam agus ní dhearmadfaidh mé go lá an bhrátha an fhéachaint sin ina shúile.

"Níl ná thart, faraor!" ar seisean. "Nílimid ach ina thús!"

Caibidil a Sé

Cín Lae an Dr Seward (Ar lean)

Socraíodh go mbeadh an tsochraid ann an lá dár gcionn i dtreo is go n-adhlacfaí Lucy agus a máthair i dteannta a chéile. D'fhan Van Helsing linn an t-am ar fad. Dúirt sé liom go raibh meamram deireanach Lucy léite aige agus d'inis sé dom cad a tharla an oíche a cailleadh a máthair. Thoiligh mé a bheith freagrach as searmanais uile na seirbhíse agus scrúdaigh an t-ollamh tuilleadh dá cuid scríbhinní. Sular fhág sé an seomra, leag sé breis gairleoige ar a leaba agus croisín óir ar a béal. Dá fhad ina luí marbh í is ea ab áille í, rud a chuir mearbhall agus iontas agus áthas orm.

Cín Lae Mhína Harker

22 Meán Fómhair, Londain Is aoibhinn a bheith in éineacht le mo stóirín arís. Bhí siúlóid againn le chéile faoin gcathair. Ag cúinne Hyde Park rug sé greim láimhe orm a ghortaigh mé. Tháinig dhá shúil mhóra dó. Ba dhóigh leat go raibh taibhse feichte aige. Ag stánadh a bhí sé ar rangartach fir a raibh srón chromógach air agus croiméal dubh. Ag stánadh ar chailín a bhí seisean. Thug mé faoi deara go raibh fiacla géara aige, ar nós ainmhí.

"Cad tá ag déanamh scime duit, a stór?" a d'fhiafraigh mé de.

"Sílim gurb é an Cunta é – ach é dulta in óige. A Dhia, más fíor! Dá bhfaighinn deimhniú a fháil air!"

Thug mé Jonathan fad le Green Park agus bhí a mheanma cuibheasach maith aige arís ach ba léir uaidh an scanradh a baineadh as. Caithfidh mé a fháil amach cad d'imigh air agus é i gcéin. A chuid dialanna a léamh, na cíona lae a thug sé dom an lá a raibh lámh is focal eadrainn.

Níos déanaí Ba uaigneach an teacht abhaile againn é, i ngach slí. Meadhrán agus mílí ar Jonathan agus anois beag sreangscéal ó Van Helsing, pé hé féin: *Beidh brón ort a chloisteáil gur cailleadh Mrs Westenra cúig lá ó shin agus gur cailleadh Lucy arú inné. Adhlacadh an bheirt acu inniu.*

Mar le dobrón i mbeagán focal. Lucy bhocht agus a máthair. Ar lár! Gan filleadh choíche! Agus Arthur bocht, ina chadhain aonraic. Dia ár réiteach!

Cín Lae Jonathan Harker

26 Meán Fómhair Is beag a shíl mé go mbeinn ag breacadh liom arís anseo. Thug Van Helsing cuairt ar Mhína aréir agus thaispeáin sí mo chín lae dó. Dúirt Mína liom go raibh an dúspéis aige inti ach é an-bhuartha, leis, de dheasca a raibh léite aige. Cad tá romhainn in aon chor? D'éirigh leis an gCunta Londain a bhaint amach óir is eisean cinnte a chonaic mé.

Tháinig Van Helsing ar cuairt chugainn agus bhí an-chomhrá againn, faoin Trasalváin ach go háirithe. Is fear maith é agus an-díograis ann nuair a thugann sé faoi rud a dhéanamh. Tá muinín agam as:

"Chonaic mé an Cunta uaim i Londain, ach bhí sé dulta in óige!" a deirimse.

"Faoi mar a shamhlaigh mé, a chara," arsa Van Helsing gan chorrabhuais, "ach tá do chabhair de dhíth orm. Tá tasc mór romham agus romhainn go léir. Caithfidh tú níos mó a insint dom faoin Trasalváin; beidh mé ag brath ar an gcur amach atá agat ar an gcaisleán uafar úd."

Sa chomhrá dúinn tarraingíodh a aird ar alt sa *Westminster Gazette* agus d'iompaigh a lí ann. 'A Hampstead Mystery' an cheannlíne. Bhain sé le páistí beaga agus iad ar iarraidh ar an bhfraochmhá. Cé gur thángthas ar an gcuid is mó acu bhí créachtaí ar a muineál ag cuid acu agus mheas an nuachtán gur ar ghadhar nó ar fhrancach an milleán.

"*Herr Gott!* Ná habair! Tá sé tosaithe cheana féin!" Ba léir go raibh sé an-trí chéile agus b'eo leis timpeall an tseomra. Sa deireadh rug sé ar a stuaim ach bhí sé suaite i gcónaí ag dul a luí dó. An lá dár gcionn thionlaic mé chun an stáisiúin é.

Cín Lae an Dr Seward

26 Meán Fómhair De thruslóga a tháinig Van Helsing isteach sa seomra agus shín cóip den *Westminster Gazette* chugam. Bhain an t-alt le páistí a bhí á mealladh ó Hampstead Heath. An rud is mó a chuaigh i bhfeidhm orm na créachtaí – poill bheaga – a tugadh faoi deara ar mhuineál na bpáistí bochta. D'aithin mé a gcosúlacht le créachtaí Lucy.

"An bhfuil aon tuairim agat, a John," arsa Van Helsing liom, "cad ba thrúig bháis do Lucy?" Dúirt mise leis nach raibh tuairim faoin spéir agam.

"Is duine éirimiúil tú, a John, ach tá nithe ag tarlú nach dtuigfeá ná do leithéidse go héasca. Abair liom conas a tharlaíonn sé sna Pampas agus i gcodanna de na farraigí thiar go dtuirlingíonn an bás dorcha – na feascarlucha – agus go bhfágtar daoine áirithe chomh marbh le hart le bánú an lae agus iad chomh mílítheach is a bhí Miss Lucy?" Chuir an méid a bhí le rá aige alltacht orm.

"Níl tú á rá liom gur feascarluch díobh sin a mharaigh Lucy, an bhfuil?" a deirimse.

"Cad is dóigh leat, a John? Na poill a chonacthas i muineál na bpáistí, an ionann iad agus na poill a bhí i muineál Lucy?"

"Is ionann ní foláir – an fheascarluch, mar a deir tú?

"Ní hionann, mo mhairg! Is measa seacht n-uaire é mar scéal!"

"Conas?" a deirim. Lig Van Helsing dá chloigeann socrú síos ar a dhá bhos agus trína mhéara is ea a labhair.

"Créachtaí na bpáistí, Lucy a rinne!"

"'Van Helsing, an as do mheabhair glan atá tú?" a deirim de bhúir.

"Ní raibh mé ag súil go ngéillfeá dom ach, a chara mo chléibh, an dtiocfá liom anocht agus soláthróidh mé an fhianaise duit." Ní fhéadfainn é a dhiúltú.

B'eo linn faoi choim na hoíche agus ba ghairid dúinn an reilig a bhaint amach. Chuireamar an balla dínn agus gan aon rómhoill d'aimsíomar tuama mhuintir Westenra sa dorchadas. Bhí an eochair ag an ollamh agus d'oscail sé an doras díoscánach. Níor dheas an áit é lá na sochraide ach ba sheacht measa anois é sa dorchadas; samhlaíodh dom damháin alla agus ciaróga gan áireamh ag faire orainn.

Bhaineamar amach an chónra agus chrom Van Helsing

ar na scriúnna a scaoileadh. An chéad rud eile bhí coinneal ina lámh aige agus d'iarr sé orm druidim ina leith. D'fhéach mé isteach agus lúb na cosa fúm. Folamh a bhí an chónra. Réabóir reilige an chéad rud a rith liom ach chroith Van Helsing a chloigeann. Chuir sé clár na cónra ar ais arís agus bhailíomar linn, an doras curtha faoi ghlas againn inár ndiaidh.

Bhí mé ábhairín i bhfeirg leis an ollamh mé a thabhairt ann. Chuala clog an tséipéil ar bhuille a dó agus pé féachaint a thug mé i mo thimpeall chonaic mé mar a bheadh stríoc bhán ann ag gluaiseacht i measc na n-iúr. Agus mé ag stánadh ar an bhfíor seo ag déanamh a bealaigh i dtreo an tuama, bhain leac uaighe tuisle asam. Chuala siosarnach i measc na gcrann agus b'eo chugam an t-ollamh agus páiste ina bhaclainn aige. Bhí idir ionadh agus alltacht orm. Scrúdaigh an t-ollamh muineál an pháiste – ní raibh créacht ar bith air. "Díreach in am!" a deir an t-ollamh. Cad a dhéanfaimis leis an bpáiste? Bheartaíomar ar é a fhágáil ar an bhfraochmhá. Chuamar i bhfolach i measc na gcrann.

D'fhanamar ansin gur tháinig póilín. Rinne sé a laindéar a luascadh anonn is anall agus chonaic sé an créatúr bocht; thóg sé ina bhaclainn é; bhí an páiste slán.

Agus an iontráil seo á breacadh síos agam tá an codladh imithe ar strae orm. Buailfidh Van Helsing liom arís um nóin nuair a chaithfimid athchuairt a thabhairt ar an tuama. Tá mo cheann ina bhulla báisín.

27 Meán Fómhair D'fhilleamar ar an reilig thart ar 2 p.m. agus a thuilleadh den chúram uafar romhainn. D'oscail Van Helsing an tuama agus síos linn. Ní raibh an áit chomh scanrúil is a bhí aréir. B'eo linn go mall i dtreo na cónra agus b'iúd í Lucy agus í chomh hálainn is

a bhí lá a hadhlactha. Ba dhearg a beola, iad chomh dearg sin dáiríre gur dheacair í a shamhlú marbh. Ach chuirfeadh a cuid fiacla géara driuch ort.

"An ngéilleann tú dom anois, a chara, go bhféadfadh na fiacla sin muineál páiste a tholladh, go díreach mar a tholl fiacla an tsúmaire í féin sa suansiúl di?"

"A dhiabhail!" Tháinig masmas orm. "Tá sé seo go huafásach, a ollaimh, go huafásach ar fad – is measa seacht n-uaire ná tromluí é!

"Ní tromluí é seo as a ndúiseoimid. Lig dom an scéal a mhíniú duit." Leag an t-ollamh lámh ar mo ghualainn agus labhair go cneasta.

"I dtámhnéal di a cailleadh í agus is Neamh-mharbh í dtámhnéal di i gcónaí. Ní thig liom cead a gcos is cead a gcinn a thabhairt do na Neamh-mhairbh. Ní mór dom í a mharú agus í ina codladh."

Tháinig crith cos is lámh orm ach bhí mé ag géilleadh dá theoiric i leaba a chéile, ainneoin go raibh mé sceimhlithe i mo bheatha.

"Agus conas a chuirfidh tú an obair dhéistineach seo i gcrích?" ar mé go cráite.

"A cloigeann a bhaint di, a béal a líonadh le gairleog, sáiteán a thiomáint trína croí."

Tháinig an fuarallas amach tríom ag cuimhneamh air. Ina dhiaidh sin is uile bhí fuath anois agam don arrachtach a ba Lucy í tráth; más Neamh-mharbh di ní mór dúinn an suaimhneas a bhronnadh uirthi. Dhún Van Helsing a mhála de phreab agus ar seisean.

"Is é mo thuairim láidir gur gníomh grod atá de dhíth anois d'fhonn í a chosaint go brách ar an olc. Tá nithe eile is gá a dhéanamh, nithe atá míle uair níos casta ná mar a thuigimid. D'fhéadfadh go mbeadh gá againn le hArthur. Beidh ortsa a chur abhaile air gur fíor gach ar tharla do Lucy dhil. Chonaic tú féin le do shúile cinn é ach fós ba leasc leat géilleadh dó. Tá m'aigne déanta suas agam. Cuirfimid fios ar Arthur agus ar an bPoncán óg amárach. Tá obair le déanamh againn a dhubhfaidh spéartha Neimhe!"

Chuireamar an glas ar an tuama, mé suaite i gcónaí ag smaoineamh ar an Neamh-mharbh.

29 *Meán Fómhair, ar maidin* Ar a deich a chlog, d'inis Van Helsing do Quincey, Arthur is dom féin cad a bhí beartaithe aige. Nuair a dúirt sé go gcaithfimis ár gceathrar dul chuig tuama Lucy, d'fhéadfá Arthur a leagan le cleite. Nuair a dúradh go gcaithfí an chónra a oscailt, sheas Arthur agus spriúch: "Thar fóir ar fad, 'Van Helsing, thar fóir! Is duine réasúnta mé ach ní sheasfainn in aon chor leis seo!"

"A Arthur, a mhic, tá Lucy marbh. Nach fíor sin?"

"Is fíor, a ndóigh," arsa Arthur.

"Ach abair nach marbh atá sí!"

"A Thiarna Dia is a Rí na Cruinne! Ar adhlacadh beo í?" Ba léanmhar an feic é.

"Ní dúirt mé gur beo a bhí sí ach Neamh-mharbh," arsa Van Helsing agus eagla air go mbuailfeadh Arthur é.

"Neamh-mharbh? Cén saghas cainte é sin? Cad tá á rá agat?"

"Bíonn mistéirí ann agus iad folaithe orainn," arsa an t-ollamh, "agus mistéir orthu í seo. Táim chun gar a iarraidh ort." Bhí tost ann.

"An bhféadfainn cloigeann Lucy a bhaint di?"

" 'Van Helsing, tá tú imithe rófhada, a dhuine, rófhada ar fad," arsa Arthur agus a chuid fola ag coipeadh. "Cad tá déanta agam chun an céasadh seo uait a thuilleamh? An as mo mheabhair atáim ag éisteacht le do chuid rámhaille? Colainn chaomh mo leannáin a réabadh mar sin?"

"A Arthur," a deir Van Helsing, "tá dualgas ormsa freisin, dualgas i leith na mbeo agus dualgas i leith na marbh agus dar fia comhlíonfaidh mé mo dhualgas!"

I ndeireadh thiar thall d'aontaigh Arthur, go drogallach, go rachadh sé linn go dtí an tuama. Bhí an-trua agam dó. Bhí a athair díreach básaithe agus anois agus é ina Thiarna Godalming, féach an chros a bhí le hiompar aige.

Bhí sé ina ardtráthnóna nuair a bhaineamar amach an chill. Bhain an t-ollamh an glas den tuama agus isteach linn go léir. Thóg an t-ollamh dhá choinneal as a mhála agus bhogamar i dtreo na cónra. D'ardaíomar an clár. Eagla a chraicinn ar Arthur. Nocht Van Helsing a raibh aige sa mhála, ina measc croisín óir. D'fhéachamar go léir ar cholainn Lucy. Ba neach í a d'fheicfí i dtromluí: na fiacla géara, an béal macnasach fola. Ba chosúla leis an diabhal í ná lenár Lucy dhil.

Nuair a bhí gach ní ullamh, arsa Van Helsing: "Sula ndéanfaimid rud ar bith, ní mór dom a rá libh nach marbh atá Lucy; is duine de na Neamh-mhairbh í. Sa riocht sin di níl an bás i ndán di choíche. Ina áit sin ní mór di íobartaigh a lorg ó aois go haois agus cur le méid an oilc sa saol seo. An té a gcreachann an Neamh-mharbh é beidh sé féin ar shlua na Neamh-mharbh. Is fáinne fola fí é. D'fhéadfadh duine againn féin a bheith inár *Nosferatu* mar a deir siad in Oirthear na hEorpa. A Arthur, a chara na n-ae is maith an buille é buille bronnta a saoirse ar Lucy."

D'fhéachamar go léir ar Arthur agus thuigeamar gurbh é féin a chaithfeadh cuimhne bheannaithe Lucy a bhuanú inár measc agus an chuimhne smálaithe a ruaigeadh go deo. Thug sé céim chun tosaigh, d'fhéach sé idir an dá shúil ar Van Helsing, agus ar seisean: "Abair liom cad tá le déanamh agam, ní loicfidh mé oraibh."

"Mo ghraidhin thú!" arsa an t-ollamh. "An sáiteán a thiomáint trína lár. Is gránna an obair í ach ní mhairfidh sí i bhfad. Ná stop ná staon go dtí go mbeidh sé i gcrích agat. Anois, a Arthur, glac an sáiteán seo i do lámh chlé, an bior os cionn a croí, an casúr i do lámh dheas agus buail in ainm an Tiarna."

Bhí mé sceimhlithe. Theastaigh uaim teitheadh. Bhí

Quincey bán san aghaidh agus sinn ag stánadh ar chuntanós dreachfhola Lucy.

Thóg Arthur an sáiteán agus an casúr. D'oscail Van Helsing a phortús agus thosaigh ag léamh os ard. Shocraigh Arthur an bior os cionn a croí agus bhuail go tréan. Thosaigh an rud sa chónra ag tabhairt na gcor agus d'éalaigh scréach ifreanda óna beola dearga. Dhún na fiacla géara bána ar a chéile gur gearradh na liopaí, gur bhrúcht cúr dearg tríothu. Bhuail Arthur athuair, an sáiteán á dhingeadh níos doimhne inti agus fuil a croí á scairdeadh aníos.

Ba chlos glór ard an ollaimh ag léamh, Quincey is mé féin inár staic amhail is gur ar thairseach Leac na bPian a bhíomar. Ansin, mhaolaigh ar lúbarnaíl na colainne, fuasclaíodh na fiacla óna chéile, tháinig deireadh le freangaí an chuntanóis. Ní raibh corraí aisti. Bhí an cúram cráite curtha dínn againn.

Thit an casúr as lámh Arthur. Ag bárcadh allais a bhí sé agus ga seá air. D'fhéachamar sa chónra. Níorbh é an rud lofa a thuilleadh é ach Lucy, Lucy mar ba chuimhin linn í, Lucy chaoin chineálta álainn gheanmnaí.

"Agus anois," a deir Van Helsing, agus leag lámh ar ghualainn Arthur, "féadann tú í a phógadh. Ní Neamh-mharbh níos mó í ach í saor ó chrúcaí an diabhail. Is duine d'fhíormhairbh Dé anois í agus a hanam ar a bealach ar Neamh." Rinne Arthur amhlaidh agus d'imigh sé féin agus Quincey ansin. D'fhan mé féin agus Van Helsing sa tuama. Ghearramar an barr den sáiteán agus d'fhágamar a bhior sa cholainn. Bhaineamar an ceann di ansin agus líonamar a béal le gairleog. D'fhágamar an áit ansin. Chuir an t-ollamh an tuama faoi ghlas agus thug an eochair d'Arthur. Bhí na héin ag canadh agus an dúlra go léir go háthasach – síocháin sa deireadh.

Sular bhogamar linn, labhair Van Helsing.

"Sea, a chairde, tá an chéad chéim curtha i gcrích againn ach tá cúram níos troime fós orainn, is é sin údar an oilc seo go léir a aimsiú agus a dhíothú. Is eol dom an cosán agus is driseach é. An gcabhróidh sibh liom? Sibhse a chreideann an scéal, sibhse amháin atá uaim."

Chuireamar go léir ár lámh ar lámh an ollaimh, gheallamar go sollúnta go gcabhróimis leis, agus as go brách linn.

Caibidil a Seacht

Cín Lae Mhína Harker

30 Meán Fómhair D'inis an Dr Seward dom gach aon ní a bhain le bás Lucy. Nach diamhair agus nach scanrúil an ní é. Ach dá mhéid dá gcloisim faoi Jonathan agus an méid a d'fhulaing sé sa Trasalváin is ea is mó a ghéillim dó mar scéal. D'inis an Dr Seward scéal Renfield dom chomh maith. Idirghabhálaí de shaghas éigin é, dar leis féin. An teach béal dorais leis an ngealtlann ceannaithe ag Dracula, Dia ár stiúradh! Tá cíona lae Jonathan léite ag an ollamh agus an dúspéis ar fad aige iontu. Feabhas ar m'fhear céile agus fonn air labhairt arís le Van Helsing.

Níos déanaí bhí dinnéar againn ar a sé agus bhuaileamar go léir le chéile ansin i staidéarlann an Dr Seward. Trasna uainn bhí Arthur, an t-ollamh agus Quincey Morris agus Seward sa lár. D'fhiafraigh Van Helsing dínn an raibh fios fátha an scéil againn agus dúramar gur mheasamar go raibh. Lean sé air ansin:

"Más mar sin é, sílim gur chóir go mbeadh a fhios agaibh cé hé an namhaid a bhfuilimid i ngleic leis. Is ann do na súmairí agus fianaise againn ina dtaobh. Ní chailltear an *Nosferatu* faoi mar a tharlaíonn don bheach tar éis di a cealg a ídiú; is amhlaidh is treise i mbun oilc dó. Níl teorainn lena chumhacht. Tig leis na dúile a rialú. Tagann faoina cheannas an francach, an mac tíre, an ceann cait agus an sciathán leathair. Tig leis nochtadh ina ghal."

"Agus imeacht ar nós laghairte!" a deir Jonathan, ag teacht roimhe.

"Go deimhin, a chara. Ach conas é a threascairt, mar sin? Is diabhalta ar fad an cúram é. Ná teipimis nó is é an Neamh-bhás a bheidh i ndán dúinn go léir! Fuil an duine a chothaíonn é, a dhéanann óg arís é agus is lagbhríoch dá héagmais é. Scáil ní chaitheann sé; diúltaíonn an scáthán dá íomhá, mar a thug Jonathan le fios dúinn. Is géarshúileach sa dorchadas é; is féidir leis nochtadh agus imeacht arís mar is toil leis ach níl lánsaoirse aige, ná an diabhal é! Níl cead isteach i dteach aige gan chuireadh. Tagann lag trá ar a chumhacht ag fáinne an lae; ní thig leis ach a chruth a athrú um nóin go díreach nó le dul faoi na gréine. Is gráin leis gairleog agus, ar ndóigh, an uile ní beannaithe, mo chroisín cuir i gcás. Agus an scian nó an sáiteán trína chroí – is eol dúinn go léir a éifeacht." Chrom Arthur a cheann agus é faoi bhrón. "Má thagaimid ar a áras beimid in ann é a theanntú ina chónra agus é a mhilleadh. Tá sé glic, áfach ..."

Cín Lae an Dr Seward

2 Deireadh Fómhair Chuir mé giolla sa dorchla aréir agus ordú aige uaim má bhí callán ar bith ó sheomra Renfield é sin a chur in iúl dom. Bhíomar uile, seachas Mína, sa séipéal in Carfax. Áit lofa is ea é, áit bhréan ar nós seamlais. D'aimsíomar naoi gcinn is fiche den leathchéad bosca ann. Tá Jonathan imithe féachaint an bhfaigheadh sé amach cár dáileadh an chuid eile acu.

Bhí francaigh ina mílte ar fud an tséipéil. Van Helsing den tuairim láidir gur chóir an chré iompórtáilte a steiriliú idir dul faoi agus éirí gréine nuair is lú a chumhacht ag an gCunta.

Sa tóir ar chapaill atá Quincey agus Art. Is dóigh leo go mb'fhéidir go mbeadh gá againn le luas breise sula i bhfad. I Músaem na Breataine atá an t-ollamh agus taighde ar siúl aige ar an dubhealaín.

Níos déanaí Renfield taghdach go maith arís. É i dteagmháil dhiamhair leis an gCunta is léir. An é go mbraitheann sé gur gearr é réimeas a mháistir agus go bhfuiltear sa tóir air? Ghabh an giolla isteach chugam agus é trí chéile. Timpiste a bhain do Renfield. É ina luí ina chuid fola.

3 Deireadh Fómhair Is millteanach an gortú a bhain dó. Tá a aghaidh ar fad basctha brúite. An giolla den tuairim go bhfuil a dhroim briste. D'iarr mé air imeacht agus Van Helsing a fháil. Tháinig seisean, fallaing sheomra agus slipéir air. Scrúdaíomar an t-othar. Bhí a bhlaosc scoilte. Bhíomar ag súil go mbeadh sé in ann labhairt linn ach is ag dul i léig a bhí sé. Ar éigean má bhí an anáil ag teacht chuige agus ba ghairid uaidh an bás.

Go tobann tháinig dhá shúil mhóra ann faoi mar gur i lár tromluí a bhí sé. Ba chlos ansin osna faoisimh uaidh. Tháinig crith cos is lámh air agus ansin ar seisean:

"Fanfaidh mé ciúin, a Dhochtúir. Abair leo an veist cheangail a bhaint díom. Is olc an taibhreamh a rinneadh dom."

"Inis dúinn faoin taibhreamh seo," arsa an t-ollamh agus chrom os cionn an othair. Thugamar taoscán branda do Renfield agus thosaigh sé a rá go mba mhó ná taibhreamh é:

"Tháinig *seisean* go dtí an fhuinneog chugam trí cheo draíochta agus d'aithin mé é mar bhí sé feicthe cheana agam. Bhí cuthach an diabhail air agus a dhéad biorach cailce ag glioscarnach faoi sholas na gealaí. Sméid sé chun na fuinneoige chugam. Bhí sé timpeallaithe ag francaigh, súile dearga iontu a dhála féin. Sula raibh a fhios agam cad a bhí déanta agam bhí an fhuinneog ar leathadh agam agus mé ag glaoch air: "Bí istigh, a Dhreachfhola, a Thiarna!" D'impigh mé air gan baint níos mó a bheith aige le Bean Harker..." Chuaigh a ghuth i léig.

Sheas Van Helsing agus dúirt gur léir anois cad a bhí beartaithe ag an gCunta. Bhrostaíomar chuig seomra mhuintir Harker agus fuaireamar an doras romhainn faoi ghlas. Bhriseamar isteach. Ar an leaba, taobh leis an bhfuinneog, bhí Jonathan, luisne ina ghrua, é ag análú go trom agus faoi mar a bheadh sé i dtámhnéal. Ar a ghlúine ag colbha na leapa bhí neach ard caol faoi chlóca dubh. Sheas an ghruaig ar mo cheann - ba é Dracula é!

Bhí dhá lámh Mhína ina lámh chlé, greim muiníl aige uirthi lena lámh dheas, a cloigeann á bhrú aige in aghaidh a uchta, mar a bheadh caitín agus a shoc sáite i sásar bainne ag páiste. D'fhéach an Cunta orainn agus fearg an diabhail ina shúile dearga - ní dhearmadfaidh mé an fhéachaint sin go brách na broinne! Thug sé fogha fúinn ar nós ainmhí allta; thóg an t-ollamh an croisín agus chúlaigh an t-áibhirseoir. Dhíríomar go léir ár dtaisí naofa ina threo. Mhúch an ghealach sa spéir agus sheol scamall mór dubh thar bráid; nuair a las Quincey cipín solais ní fhacamar faic ach ceo.

Bhog Van Helsing, Art agus mé féin i dtreo Mhína. Bhí dreach na geilte uirthi agus má bhí an lile ag coimheascar leis an rós ina grua, ba é rós na fola é!

Jonathan fós ina luí go faonlag. Dhúisigh Van Helsing é.
Bhí alltacht air.

"Cad a tharla, a Van Helsing?" ar seisean go stadach
agus d'fhéach anonn ar Mhína. "Bhí an Cunta i láthair,"
arsa an t-ollamh, "thángamar díreach in am – tá súil
agam!"

"A Mhína!" a bhéic Jonathan agus é ag stánadh ar a
chéile caoin fuilsmeartha.

"Uch, a Jonathan!" ar sí, "a mhuirnín."

"A Mhína dhil," a deir an t-ollamh, "ní mór duit é seo a
chaitheamh an t-am go léir. Is den deargriachtanas é!"

Is sollúnta mar a labhair sé agus mar a chuir an croisín
timpeall a muiníl. Tamaillín ina dhiaidh sin, b'eo isteach

Quincey agus Arthur agus d'inis don ollamh gur milleadh an fhianaise, na páipéir agus na cíona lae uile.

"Ná bí buartha," a deirimse, "tá cóip de gach ní agam i mo thaisceadán!"

"Duine uasal stuama is ea tú, a John Seward," a deir an t-ollamh agus rug greim láimhe orm.

Cad tá i ndán dúinn in aon chor? An mbeidh deireadh go deo leis? Maidir le Renfield, cailleadh é, an trú bocht.

Tá inste ag Mína dúinn faoi ionsaí an Chunta. Muise, nach í an díol trua í. Bhí an oiread sin sceimhle uirthi nach leomhfadh sí béic a ligean agus níorbh aon dua don Chunta bréan é diúl ar a muineál glé.

Agus sinn ag cur is ag cúiteamh, mheabhraigh Van Helsing dúinn go mbeadh orainn brocais an Chunta a mhilleadh. Níor theastaigh ó Jonathan Mína a fhágáil léi féin, rud a bhí intuigthe go maith. Arsa Van Helsing: "Bhí féasta fola ag an gCunta. Ní baol duit, a Mhína, go luí gréine. Sula n-imeoimid, cosnóidh mé anois thú ar aon ionsaí eile uaidh. Leis an Abhlann Bheannaithe seo, teagmhóidh mé le do chlár éadain in ainm an Athar agus an Mhic agus – "Lig Mína uaill aisti a thabharfadh ba bodhra as coillte. Nuair a leag an t-ollamh an Abhlann Choisricthe uirthi is amhlaidh a loisceadh í faoi mar a bheadh miotal bánbhruithneach ann.

"Neamhghlan! Neamhghlan! Diúltaíonn an tAthair Síoraí féin do mo cholainn thruaillithe!" ar sí de bhéic chráite.

Thug Van Helsing sólás di agus dúirt nach mbeadh an mháchail sin uirthi ach fad ba bheo don Chunta.

Cín Lae Jonathan Harker

3 Deireadh Fómhair Quincey, Arthur, an t-ollamh is mé féin ar ár míle dícheall ag iarraidh teacht ar na boscaí go léir is tearmann don Chunta agus iad scaipthe ar fud London. Fágann an t-ollamh an Abhlann Choisricthe ar na boscaí uile chun an t-olc a ruaigeadh. Ach tá bosca amháin gan tuairisc agus is ábhar scime dúinn é. Táim buartha faoi Mhína; dhéanfainn rud ar bith chun an neach damanta sin, Dracula, a scuabadh go deo de dhroim an domhain.

4 *Deireadh Fómhair, ar maidin* Oíche mhíshuaimh-neach a chaith Mína. Nuair a dhúisigh sí, theastaigh uaithi labhairt leis an ollamh láithreach. D'imigh Seward faoina dhéin. Nuair a tháinig sé, d'áitigh Mína air í a hiopnóisiú sula mbeadh sé ina lá geal. "Déan anois é, a Dhochtúir, mar níl bac ar mo theanga an nóiméad áirithe seo."

Thosaigh Van Helsing ar aigne mo stóirín a smachtú. Diaidh ar ndiaidh dhún na súile uirthi agus níorbh fhada go raibh sí faoi bhriocht. Go tobann, d'oscail na súile arís agus í mar a bheadh sí ag breathnú uaithi i gcéin. Labhair Van Helsing os íseal agus go réidh.

"Cá bhfuil tú?"

"Ní heol dom . . . in áit aduain," ar sí go leamh.

"Cad a fheiceann tú?"

"Faic, tá sé dorcha."

"Cad a chloiseann tú?"

"Lapadaíl uisce . . . cloisim tonnta."

"Ar bord loinge atá tú mar sin?" D'fhéachamar ar a chéile.

"Is ea."

"Cad eile a chloiseann tú?"

"Gliogram cos, slabhra á tharraingt."

"Cad tá ar súil agat?"

"Táim – is geall leis an mbás é."

Chuaigh a guth i léig agus thit codladh trom uirthi.

Faoin am sin bhí an ghrian sa spéir. Dhúisigh sí agus theastaigh uaithi a fháil amach cad a bhí ráite aici. D'inis Van Helsing di agus thug foláireamh dúinn go léir nach raibh nóiméad le spáráil againn. "Is eol dúinn go bhfuil an Cunta tar éis na cosa a bhreith leis; is sa bhosca a bhí ar iarraidh atá sé sínte anois agus é ar bord loinge. Caithfear é a leanúint."

"Cén fáth?" a deir Mína agus rug greim láimhe orm.

"Is tábhachtaí ná riamh é – más gá é a leanúint go béal dearg Ifrinn féin! Tá seisean neamhbhásmhar agus an tsíoraíocht dhubh roimhe; de lucht an tsaoil seo sinne. Ní saor duit go fóill, a Mhína, fad is atá an ainimh sin ort." D'éirigh liom breith ar mo bhean sular thit sí i mullach a cinn i laige.

Cín Lae an Dr Seward

5 Deireadh Fómhair Tá faighte amach ag an ollamh gur ar bord an *Czarina Catherine* atá an Cunta, a aghaidh ar Várna ar abhainn na Danóibe. Táimid buartha i dtaobh Mhína i gcónaí. Is dóigh leis an ollamh go bhfuil sise faoi bhriocht ag an gCunta agus léamh aige ar a cuid smaointe. B'fhearr, mar sin, an tóraíocht ar an deamhan fola a phleanáil ina héagmais. Van Helsing den tuairim láidir gur chóir é a sheilg fad lena thír dhúchais agus é a dhíothú ansin. Ach beidh ar Mhína a bheith farainn i gcónaí nó d'fhéadfadh Dracula fios a chur uirthi uair ar bith. Tá aistear romhainn mar sin – lámh Dé ár stiúradh!

Iarfhocal

Cín Lae an Oll. Abraham Van Helsing, M.D. Ph.D. D.Litt. etc.

4 Samhain Tá ina mhaidin. Mé i mo shuí cois tine ag scríobh liom agus ag iarraidh teacht ar thuiscint ar ar tharla. Mína ina codladh. Tá sé an-fhuar lasmuigh agus tá sneachta air. Anseo i Mám Borgó dúinn ó éirí na gréine inné. Ó d'fhágamar Sasana tá Mína á hiopnóisiú agam agus í in ann a insint dom an ar bord loinge i gcónaí é don súmaire sleamhain. Arthur agus Jonathan ar ghaltán agus iad ag iarraidh bád an Chunta a leanúint. Seward agus Quincey ar muin capaill, ag taisteal feadh bhruach na habhann. Tá gunnaí agus raidhfilí acu agus tá dóchas láidir ina gcroí.

Is follas í ár gcuspóir: geataí chaisleán Dracula a bhaint amach roimhe agus deireadh a chur le réimeas an Chunta. Táim an-bhuartha i dtaobh Mhína mar gur mó faoina thionchar í dá chóngaraí a dhruidimid leis. I bhfad uaithi an droch-chríoch a rug ar Lucy bhocht! Is mar gheall ar Mhína is mian liom go ndéanfaí díothú ar an gCunta. Maidin inné agus í faoi bhriocht agam ba é an freagra céanna é: "Dorchadas, uisce ag lapadáil, díoscán adhmaid." Ar an abhainn fós dár namhaid. Aréir, áfach, is drogallach a bhí sí; níor labhair puinn. Níos déanaí, dul faoi na gréine – cuma níos fearr ar Mhína. Cuireann sí tine síos agus féachaimse i ndiaidh na gcapall. Bíonn suipéar againn agus téann sí a luí is mise á faire. Tá fuinneamh agus neart nua inti ach táim imníoch i gcónaí ina taobh.

5 Samhain, ar maidin Bhíomar ar an mbóthar an lá ar fad inné agus sinn ag druidim leis na sléibhte i gcónaí. Madame Mína ina codladh agus an bóthar garbh á chur dínn againn. Tugaim faoina dúiseacht ach teipeann orm. Má chodlaíonn sí an lá ar fad, ní bheidh codladh agamsa anocht.

Bhí an oíche ag titim nuair a fuair mé radharc ar bharr na sléibhte agus an caisleán mór a raibh a thuairisc i gcín lae Jonathan againn. Chuir mé tine síos agus bhí Mína ar a sástacht. Ach tá sí ag diúltú dá bia agus táim imníoch fúithi. Tharraing mé ciorcal ina timpeall agus chuir mé cuid den Abhlann Choisricthe ina lár. Ag éirí níos báine atá sí an t-am ar fad. Dúirt mise léi druidim chun na tine agus í féin a ghoradh ach nuair a sheas sí níor fhéad sí bogadh. "Nílim in ann," ar sí. Is slán di sa chiorcal beannaithe mar sin agus is eol di sin.

Thosaigh an tine ag dul as. Chuaigh mé chun connadh a bhailiú. Chonaic mé rud éigin uaim sa sneachta. Thosaigh na capaill ag seitreach agus ag tarraingt ar a n-adhastair. Tríd an gceo agus trí na cáithníní sneachta nocht triúr neach. Dhruid siad i mo leith. Arbh iad na mná iad ar thagair Jonathan dóibh? Ar ais liom láithreach go dtí an ciorcal ina raibh Mína. "Fan anseo," ar sí liom, "tá tú slán anseo."

"Táim imníoch fútsa," a deirim léi. Rinne sí gáire íseal ait. D'éirigh mé an-gheiteach.

Bhí an triúr ban ag máinneáil timpeall an chiorcail. Ba

lonrach fuar iad na súile acu, fiacla bána, an rós ina
ngruanna agus na beola fíormhacnasach. Thosaigh siad
ag gáire agus ag glaoch ar Mhadame Mína: "Téanam ort,
a shiúirín! Téanam ort! Téanam ort in éineacht linne."

Ghearr a ngáire trí cheo na hoíche. Bhí eagla ar Mhína rompu; a bhuí le Dia níor dhuine acu fós í. Níor fhéad siad teannadh níos gaire dúinn fad a bhíomar sa chiorcal. I leaba a chéile, chúlaigh siad uainn sa sneachta agus sa cheo, ag filleadh ar an gcaisleán.

Agus an lá ag gealadh, tugaim arís faoi Mhína a hiopnóisiú ach teipeann orm. Tá eagla orm bogadh; na capaill go léir marbh. Go dtuga Dia cabhair dom!

5 *Samhain, iarnóin* D'fhág mé Mína agus í ina codladh sa chiorcal beannaithe. Dhreap mé suas go dtí an caisleán. Boladh an bháis san aer. Chuala mic tíre san fhoraois agus bhraith mé go raibh súile diabhalta ina mílte ag breathnú orm. Bhain mé amach an seanséipéal a raibh tuairisc againn air ó Jonathan.

Bhí a fhios agam go raibh trí uaigh ar a laghad le haimsiú agam. D'aimsigh mé uaigh acu. Bhí bean ansin agus suan na súmairí uirthi. B'álainn í. D'aimsigh mé an dara agus an tríú duine. Bhí an triúr acu chomh meallacach sin gur thosaigh mise, Abraham Van Helsing, ag sileadh deor bhí an oiread sin mothúchán measctha ag gabháil tríom. Conas a bheadh sé ionam a leithéid d'áilleacht a scriosadh?

Díreach ansin chuala mar a bheadh liú anama ó Mhína, agus í, mar a mheas mé, ag dúiseacht as tromluí. D'éirigh liom teacht chugam féin agus cromadh ar an obair ghránna. Chuaigh mé go dtí an chéad chónra agus thiomáin mé an sáiteán trína croí. Lig sí scréach mhillteanach aisti agus thosaigh ag lúbarnaíl ar nós eascainne, cúr lena béal. I bhfaiteadh na súl, ní raibh inti ach dusta. Dusta suaimhneach. Chaith mé amhlaidh leis an mbeirt eile.

Tá siad saor faoi dheireadh agus is mór an faoiseamh dóibh é. Chuir mé bolta ar dhoirse uile an chaisleáin agus réitigh mé na bealaí isteach ann chun nach mbeadh teacht ag an gCunta ar an áit fad ba bheo nó Neamh-mharbh dó. Sracfhéachaint timpeall orm dar thug mé chonac uaim tuama ollmhór amháin sa lusca agus gan scríofa air ach focal amháin

DRACULA.

Nead an tsúmaire mhóir, gan dabht!

D'fhill mé ar Mhína. Bhí sí bán san aghaidh le teann eagla agus mearbhaill. "Seo linn," a deirim, "seo linn as an mball damanta seo. Seo linn chun bualadh le d'fhear céile agus a chompánaigh; tá siadsan agus an Cunta cam láimh linn."

As go brách linn. Fáiscim mo dhoirn le teannas agus bánaíonn ailt mo mhéar. Nár lige Dia go gclisfidh orainn.

Cín Lae Mhína Harker

6 Samhain Bhí sé amach sa tráthnóna nuair a chuaigh mé féin agus an t-ollamh go dtí an áit a raibh a fhios againn Jonathan a bheith. Ba chlos sa siúl dúinn uaill na mac tíre i gcéin. Ghlacamar scíth bheag i bpluaisín. Bhí an-radharc againn uaidh agus an t-ollamh ag amharc trína dhéshúiligh. Go tobann ar sé de ghlór ard: –

"Féach, a Mhína! Féach, Féach!"

Léim mé i mo sheasamh. Chonaic mé buíon fear ar muin capaill agus ina lár bhí cairt agus í ag luascadh ó thaobh go taobh mar a bheadh eireaball laghairte ann. Bhí cófra mór cearnógach á iompar aici. Léim mo chroí. Bhí solas an lae á thréigean agus a fhios agam deis éalaithe a bheith ag an Rud Lofa go luath.

"Is rás in aghaidh na gréine é," a deir an t-ollamh, "tá súil agam nach bhfuilimid ródhéanach."

Lean sé air ag breathnú trí na déshúiligh gur lig liú tobann as.

"Féach! Beirt mharcach sa tóir orthu! Quincey agus John, ní foláir!"

B'iúd níos gaire don aicsean sinn beirt. Bhí mo chroí i mo bhéal agam agus a fhios agam go gcaithfeadh Jonathan a bheith ar an láthair go luath. Ní túisce an smaoineamh sin ag rith trí m'intinn go bhfaca mé é féin agus Arthur ar cosa in airde. Bhí siad ag teacht ón taobh

eile. Bhí sceitimíní ar an ollamh. Rug sé ar a raidhfil. Bhí an ghaoth ag caoineadh agus na mic tíre á freagairt. Thosaigh sé ag cáitheadh sneachta. Bhí lucht na tóra ag teannadh leis an gcairt. Chuala Jonathan ag rá in ard a chinn is a ghutha: "Stadaíg'!"

Bhí na giofóga timpeallaithe, Jonathan agus an chuid eile ag bagairt a raidhfilí Winchester orthu. D'ordaigh a gceannaire dóibh iad féin a chosaint. Thug duine de na giofóga faoi Quincey agus ainneoin nár thit sé ba léir dom go raibh sé gonta. Scuab Jonathan giofóg as a shlí agus thug rúid faoin gcónra a oscailt; chualathas na tairní á réabadh as an adhmad agus bhí leis.

Choinnigh Arthur agus Seward na giofóga siar. Bhí an ghrian ar fhíor na spéire agus radharc agam ar an gCunta ina bhosca cré. Bhí sé chomh bán leis an sneachta – mar íomhá chéarach – agus na súile dearga ag púscadh le nimh. Go tobann, d'imigh an ghrian faoi agus tháinig cuma chaithréimeach ar dhreach an Chunta. Bhéic an t-ollamh in ard a ghutha: "Brostaígí in ainm Dé! Brostaígí." Sháigh Jonathan a scian mhór go feirc i muineál an Deamhain. Bhéic mé. Dhing Quincey a mhiodóg sheilge trína chroí san am céanna.

Ba gheall le míorúilt é. Colainn ghránna an Chunta á hiompú ina luaithreach os ár gcomhair. Arbh fhéidir go raibh an t-olc damanta sin go léir scuabtha chun siúil?

Sheas Caisleán Dracula in aghaidh na spéire deirge mar a bheadh olltuama ann. Ag an bpointe sin thug na giofóga do na boinn é mar a bheifí tar éis scaipeadh na mionéan a chur orthu. Lean scata mac tíre iad.

Rith mé féin agus an t-ollamh síos go láthair na fuascailte. Thit Quincey Morris ina phleist. Rith mé chuige agus rug greim láimhe air. Ar seisean, go séimh: "Tá áthas orm go raibh deis agam páirt a ghlacadh san eachtra iontach seo." Ansin liúigh sé go tobann, "Ó, a

Dhia! B'fhiú an braon fola! Féach! Féach!" agus a mhéar dírithe aige ormsa. Chuaigh an chuid eile ar a nglúine láithreach agus dúirt siad "Áiméan!" as béal a chéile.

"Buíochas mór le Dia na Glóire," arsa Quincey, "níor shaothar in aisce dúinn é. Ní gile an sneachta ná a clár éadain!"

D'fháisc Jonathan mo lámh go cneasta agus rug an t-ollamh barróg ar Seward le barr áthais. Bhí cuma eile ar fad ar an bhforaois faoi mar a thógfaí bró mhuilinn mhór den domhan. Céad faraor géar, gan focal eile a rá agus meangadh séimh ar a bhéal, cailleadh Quincey Morris, duine uasal den scoth.